谷崎潤一郎と大阪

三島佑一
Mishima
Yūichi

上方文庫
27

和泉書院

谷崎潤一郎と大阪　目次

谷崎と大阪の文学

大阪の文学というとき、まず第一に挙げるのは、関西移住後の谷崎の作品、『蓼《たで》喰ふ蟲《むし》』『卍《まんじ》』『吉《よし》野《の》葛《くず》』『蘆刈《あしかり》』『春琴抄』及び大作『細雪《ささめゆき》』などではあるまいか。そしてこれらの作品が、大阪出身ではない、東京出身の作家によって書かれたことは、注目しなければならないことではあるまいか。

大阪出身の代表的作家には、ノーベル賞を受賞した川端康成がいる。しかし彼は大阪市中の天満に生まれ、茨木に移って旧制大阪府立茨木中学を卒業したが、以後一高・東大と東京の学校を出て東京や鎌倉に定住した。川端康成文学館が大阪府下の茨木にあるものの、大阪を舞台とした作品は極めて少なく、初期の数篇と、晩年の短篇『住吉』三部作があるくらいだから、展示や講演など企画して行くのに苦慮しなければならない。

茨木市が文学碑をと考え、『茨木市で』というエッセイから、「私の村は現在茨木市にはいつてゐる」云々という一節[1]をとったものの、前後の文章は大阪より京都への心酔を表したものである。

大阪市内には前述の『住吉』三部作の一つ『反橋《そりはし》』から、「反橋は上る時より下る時のはうがこはいのです」という一文を刻して、住吉神社に文学碑を立て、何とか面目を保つことができたといっていいほど。母校大阪府立茨木高等学校校庭には「以文会友」の文学碑があるが、土地に因んだ作品の一節ではない。つまり彼は大阪に生まれ育ちながら、大阪は好きになれなかったようである。

梶井基次郎も大阪市西区の靭《うつぼ》に住み、靭公園には代表作『檸檬《れもん》』の「びいどろと云ふ色硝子で」云々という一節(2)を刻んだ文学碑があるが、『檸檬』は京都を舞台にした作品である。

彼は旧制大阪府立北野中学を卒業した。しかしやはり大阪の俗を好まず、伊豆に川端康成を慕って住み、病気になってやむをえず実家の大阪に帰って来て、大阪の庶民性になじんだかのような『のんきな患者』を書いたが、それを絶筆として亡くなった。

彼は生前ほとんど無名で二十の短編を出したにすぎなかったが、一時期、高校の国語の教科書に毎年採用されるのは彼だけといわれたほど、死後その声価があがり、文学界の奇蹟とふしぎがられている。そんな作家を大阪が輩出しているということ、しかも大阪の匂いがしないといっていい、大阪らしからぬ作家を大阪が生んでいることも、大阪の懐の深さといえるのかもしれない。

川端康成も梶井基次郎も大阪に生まれながら大阪を描かず、大阪を嫌って大阪から飛び出している。川端の場合は幼少時肉親を次々失い、天涯孤独になった大阪であり、梶井の場合は妾親子と同居し、異母弟が丁稚奉公に出るのを見かねて自分も一時丁稚奉公に出、その辛酸と、父親の淫蕩の血を身にしみて感じた大阪であった。

その点、谷崎潤一郎と反対の行動をしたといえるが、正しくはそうともいえない。川端・梶井は内的必然性によって大阪から離れたが、谷崎はその前から上方への関心はなくはなかったようだが、関東大震災という偶然によって東京を離れ、大阪に逃れて来て、これまた偶然に高嶺の花ともいうべき船場の豪商、根津商店の御寮人松子を見染めたことにより大阪を離れず、上方の美を発見し、傾倒し、数々の名作を書いた。つまり谷崎は他動的な力によって生地の東京を離れ、大阪神戸間に住みついたのである。

しかし、ビジネスの街大阪に背を向けたことでは三人とも共通している。谷崎も大阪市中には住まず、経済都市としての大阪を描かなかった。

ビジネスの街大阪と取組んだのは、山崎豊子を始めとする、主として大阪が生んだ直木三十五にちなんでつけられた直木賞系の作家であり、ここに大阪文学・大阪作家の本領があるように思われる。西鶴の流れを汲む織田作之助、武田麟太郎ら、いかにも大阪人らしい作家の描く中間小説・大衆小説と呼ばれるものであり、それらの流れに抗して、屹立した純文学を結晶させたのが谷崎文学であり、これによって大阪のもう一つの顔がクローズアップされたといえる。

しかし谷崎は大阪の作家とはあえて交わろうとせず、大阪府女専の若い女性を秘書にして『卍』に大阪弁の導入をはかるなど、独自の方法で大阪の文学を開拓した。西鶴に対して、他郷から門弟の争いの仲介に寄らざるをえなくなって、大阪に来て大阪で亡くなった芭蕉の孤高の世界と、一脈通ずるものがあるともいえようか。

大阪の文学というとき、郷土の作家より他郷から来た作家を第一にあげなければならないのは、文学や文化に対して冷淡な大阪の特色を表しているといえる。

元禄文化開花以後、心斎橋筋の、長堀通りから高麗橋通りにも及ぶ範囲にかけて、書肆が軒を並べていた。大阪は経済の中心であると同時に、文化の中心、出版の中心といってよかった。

しかし商業主義に走った結果、既成作家の売れる作品を出版し、新進作家を育てなかったために、将来性のある若い人たちは大阪を離れ、江戸へと移って行った。その傾向は、明治に入って東京遷都となるに及んで、さらに拍車をかけた。それが引いては今日、大阪では出版業が成り立たないといわれるくらいの衰微を招いた。

谷崎潤一郎はその点を鋭く突いて、すでに昭和七年『私の見た大阪及び大阪人』でこんなことをいっている。

若し大阪に一人でも立派な作家が住んでゐたら、明治大正の間に「たけくらべ」や「すみだ川」に匹敵するやうな作品が一つや二つは生れてゐたであらうに、それらしいものさへないと云ふのは、此れだけの大都市の恥辱であると云つてい丶。それにつけても凡べての作家が郷土を捨て丶東京へ志すのは、大きく云へば日本文学の損失であると考へられる。

「郷土を捨てて東京へ志した作家」の中には、川端康成や梶井基次郎も入るが、彼らはもちろん地元在住の作家によっても、郷土を発掘した名作は生まれなかったと厳しい見方をしているのである。結局谷崎のような他郷から来た作家に、大阪のよさを発見してもらう破目になったというべきか。以来七十年になろうとする今日、近代文学館が、東京、横浜、金沢、近くは姫路にもできたが、大阪にはまだない。わが国のみならず世界的にも有名な郷土作家西鶴の文学館も大阪にはない。谷崎が生きていたら、「此れだけの大都市の恥辱」と痛罵したのに旧態依然とはと、さらに声を大にして慨嘆するに違いない。

そんな大阪のどこに谷崎はひかれて定住し、名作を生んだのであろうか。

殊に谷崎は震災直後の大正十四年、大阪へ来ての生々しい印象を『阪神見聞録』で「大阪の人は電車の中で、平気で子供に小便をさせる」とか、「電車の中で見知らぬ人の新聞を借りて読むことを、少しも不作法とは考へてゐないやうである」とか、文化程度の低い外国に来たようなあきれた腹立ちを吐露している。

これより数年前、東京から転勤して来た水上瀧太郎は、大正十一年長編『大阪』で、「我利々々貪欲吝嗇に、まのあたり取囲まれて、これからさき幾年間暮すのだらうと考へた時は、つくづく月給取の身の上をはかなんだ」と大阪に対する不快感をぶちまけ、大正十四年―五年の『大阪の宿』では、

『蓼喰ふ蟲』の文学碑　文楽劇場西の歩道（「大阪市文学碑」より）

「無秩序に無反省に無道徳に活動しつゝ、ある大阪」と決めつけている。

水上瀧太郎は、終始大阪を贅六と蔑視し、大阪のよいところまで目をとどかせずに終った。しかし彼は他者の眼で、地元の作家の言及せぬ大阪の恥部を痛烈にあばいたといえる。

谷崎は、『初昔』で「市井の中に隠れて暮す時期を持つてみたかつた」といい、稲沢秀夫『秘本谷崎潤一郎』(3)によれば、日本画家の樋口富麻呂に、「島之内の路地の中で家を探してくれ、晩になったらおかず売りが来るような長屋に住んでみたい」と、もらしたという。住むにつれ、大阪の庶民のぬくもりを知りたい気持も一方で起って来たようである。大阪の一言では片付けられない、複雑で奥深い顔があるといえる。

だが、実際に谷崎が住んだ関西は、阪神間と京都で、大阪市中に住むことはなかった。

作品も、大阪市中を舞台にしたのは『春琴抄』だけで、それも薬種問屋で全国的に有名な船場道修町の格式や仕来たりの厳しい伝統の中に舞台をおくために使っている。現在、文楽劇場西の歩道には谷崎の文学碑が建っているが、そこに作品の一節が刻まれている『蓼喰ふ蟲』(4)は、道頓堀の弁天座の文楽が出てくるものの、主人公の住んでいるのは郊外の豊中、印象的に語られているのはむしろ淡路島での人形浄瑠璃、『吉野葛』『蘆刈』も島之内や新町や船場が出てくるが、舞台は吉野や水無瀬、『卍』や『細雪』も天王寺や三ッ寺や梅田や今橋や上本町九丁目など市内の地名が出てくるけれども、舞台はベッドタウンの阪神間、『猫と庄造と二人のをんな』になると、完全に阪神間が舞台である。

しかしこの阪神間というのは、明治維新のとき新政府が、西に首都をしのぐ強大な府県ができては脅威になるので、摂津の国を二分したといわれるほどのところ、大阪の富裕な商人が、こぞって居宅《いたく》や別荘に選んだ。

つまり大阪の商家の店と内の取りあいに掛けてある暖簾の外の店の世界＝男の世界に対し、暖簾から内の上がり框《がまち》から上の内の世界＝女の世界、いわば船場の奥座敷を移転させた所が阪神間になるといってよい。したがって実際に谷崎が住んだのは阪神間であり、作中人物の住まいも阪神間に設定されているのは、大阪の中の女の世界を描こうとしたということができる。たとい『春琴抄』のように大阪市中に舞台が設定されていても、描かれているのは暖簾の内の上がり框から上の女の世界で、暖簾の外の男の世界ではない。（その点、川端康成も女の世界を扱ったといえるが、それは京都や鎌倉の奥座敷であって、大阪に注意を向けなかった。）

これは『幼少時代』で、次のように書いているのと関連があろう。

伯父は子供の教育に関しては可なり保守的な思想の人で、町人の子は高級な学問をする必要はない、それよりは丁稚奉公に出て実地に商売の道を習得するのが上策である、と云ふ風にしか考へず、自分の総領息子をさへ十三歳で学校を止めさせて、大阪堂島の仲買店へ修業に遣はした程であるから、甥の私を、無理な工面をしてまで中学へ入れることに不賛成なのは、ほゞ察しがついてゐた。私はそれでも何とかして上の学校へ這入りたい、丁稚奉公になんか行きたくないと、小さい胸でとつおいつ思案に余りながら、甚だ暗い気持を抱いて小学校の最後の一年を送りつゝあつた。

また、

小さい時分から、自分の一族をも含めて、あの社会の人々を尊敬する気になれず、自分だけは他の谷崎家の連中とは違つた道を行くやうにしたい、彼等の仲間入りなんかすることではないと、心ひそかに期するやうになつてゐた。

谷崎は祖父の築いた谷崎商店を逼塞させ、母をやつれさせた不甲斐ない父を嫌悪し、軍人の次に商人が嫌いだといって家を出ている。それだけに船場には、東京下町にはない、町人天下の由緒ある富裕な生活の上に築かれた女の世界があるのを発見し、そういう船場への憧れが、たまたま出会った根津商店の御寮人松子への憧れとなり、船場への憧れをふくらませたということができる。

〈注〉

（1）私の村は現在茨木市にはいつてゐる。京都と大阪との中間の山裾の農村で、その山を深くはいれば丹波である。村の景色に芸はないけれども、近くに「伊勢物語」や「徒然草」にも書かれた所がある。藤原鎌足の遺蹟も隣り村にある。

（2）びいどろと云ふ色硝子で鯛や花を打出してあるおはじきが好きになつたし、南京玉が好きになつた。またそれを嘗めて見るのが私にとつて何ともいへない享楽だつたのだ。あのびいどろの味程幽かな涼しい味があるものか。

（3）全五巻　鳥有社・平3―5・私家版

（4）紅殻塗《べにがらぬ》りの框《かまち》を見せた二重の上で算盤を枕に炬燵《こたつ》に足を入れながら、おさんの口説きをじつと聞き入つてゐる間の治兵衛――若い男には誰しもある、黄昏時《たそがれどき》の色町の灯《ひ》を戀ひしたふそこはかとない心もち――太夫の語る文句の中に夕暮れの描寫はないやうだけれども、要《かなめ》は何がなしに夕暮れに違ひないやうな氣がして、格子の外の宵闇《よいやみ》に蝙蝠《こうもり》の飛ぶ町のありさまを――昔の大阪の商人町《あきうどまち》を胸にゑがいた。

谷崎と文楽

一　文楽への傾倒と批判

谷崎は文楽に心酔して昭和四年『蓼喰ふ蟲』を発表しながら、昭和二十三年「所謂《いはゆる》痴呆の芸術について」では徹底的に文楽を批判している。なぜか。この問題について考える。

谷崎は『蓼喰ふ蟲』発表前の昭和二年、『饒舌録《じょうぜつろく》』で既に文楽批判を展開している。「十五六年前に大阪へ来た時、たつた一遍人に誘はれていや〳〵文楽を覗《のぞ》いたことがあるけれども頭から性に合はないと極めて懸つてゐた」そして関西へ居を移してからでも、「『蝶花形《てふはながた》』と云ふ小さい子供が斬り合ひをするむごたらしいものを見せられたので、一層イヤになつてしまつた」まず義太夫の「語り方がいかにもキタナラしい。太い、不自然な声を出して、熱して来ると顔ぢゆうへぎら〳〵脂汗を浮かし、鼻だの口だのを滅茶苦茶に歪めて、見台を叩いたり仰け反つたり、七転八倒の暴れ方をする。苟《いやし》くも公衆の前でやるのに実に無作法千万である。中には懐ろから手拭ひを出して、幾度もちいちいと洟《はな》をかんだり、かつと痰を吐く者もある」といい、「時代物になると一つの狂言の中に必ず幾つかのむごたらしい切腹があり、幼君のおん身代りがある。その腹の切り方が又頗るアクドクつて、大概の場合、最初に一と刺し脇腹へ突き立てゝ置いてから、喘ぎ〳〵長たらしいセリフを云つてうんうん呻つて見せる。義太夫の作者は瀕死の人間を呻らせることがよつぽど好きだつたに違ひない」と手厳しい。

　ところがどうして文楽に開眼したかというと、去年の十一月「『法然上人《ほふねんしやうにん》恵《めぐみの》月影《つきかげ》』と云ふ新作物を出したので、ふとした好奇心から這入つて見ると、それが案外面白く、殊に法然上人の人形の首が馬鹿によかつたので」「今では毎月欠かさず弁天座[1]へ出かける」ほどになったという。

谷崎が文楽を観た頃の弁天座（昭3．8）
（『写真集　おおさか100年』サンケイ新聞社より）

　それは「新作だけにサラサラとしてゐて、いつものアクドイ不自然な場面や組み立てが少く、上人の一代記をあつさりと述べてゐたから」と説明し、「有難い聖者を生きた俳優が扮すると、どんな名優がやつても何となく生臭坊主らしくつて、うそッぱちになるけれども、人形だとさう云ふ心配が少しもない」「私のやうな不信者でも覚えず足下に跪いて衣の袖に縋りたくなる」と、人形の効果に注目している。

　また「人形使ひは実は人形を使ふのではなくて、自分の肉体を人形の肉体に仮托してゐるのだ」「それ故文五郎が天《てんの》網島《あみじま》の小春を使ふ時」「小春は文五郎の肉体から派出した美しい枝であり花である。花を賞でるには花と一緒に幹をも見なければいけないやうに、人形の面白味は人形使ひと人形との一体になつたところにある」と、はじめ目障りであった人形使いの魅力にも活目している。

そしてそんな文楽への傾倒が、翌年名作『蓼喰ふ蟲』となって結晶する。

彼はここで、浄瑠璃の人形と西洋のダークの操り人形を比較して、

> 西洋のやり方は宙に吊つてゐるのだから腰がきまらない、手足が動くことは動いても生きた人間のそれらしい弾力やねばりがなく、従つて着物の下に筋肉が張り切つてゐる感じがない。文楽の方のは、人形使いの手がそのまゝ人形の胴へ這入つてゐるので、真に人間の筋肉が衣裳の中で生きて波打つてゐるのである。これは日本の着物の様式を巧みに利用したもので、西洋で此のやり方を真似ようにも洋服の人形では応用の道がない。だから文楽のは独得であつて、此のくらゐよく考へてあるものはない。

と言い、小春の人形使いの文五郎が、「絶えず落ち着きのあるほゝゑみを浮かべて、我が児をいつくしむやうな慈愛のこもつたまなざしを手に抱いてゐる人形の髪かたちに送りながら、自分の芸を楽しんでゐる風がある」のに惹かれたと書いている。

そして、「梅幸や福助のはいくら巧くても『梅幸だな』『福助だな』と云ふ気がするのに、此の小春は純粋に小春以外の何者でもない。俳優のやうな表情のないのが物足りないと云へば云ふもの丶、思ふに昔の遊里の女は芝居でやるやうな著しい喜怒哀楽を色に出しはしなかつたであらう。元禄の時代に生きてゐた小春は恐らく『人形のやうな女』であつたらう」「昔の人の理想とする美人は、容易に個性をあらはさない、慎しみ深い女であつたのに違ひない」「此の人形の小春こそ日本人の伝統の中にある『永遠女性』のおもかげではないのか」と、小春の人形に日本女性の理想像まで見ている。

また、「昔の大阪の商人《あきうど》町を胸にゑがいた。風通《ふうつう》か小紋ちりめんのやうなものらしい着付を着てゐるおさんの顔だちが、人形ながら何処か小春に比べると淋しみが勝つてあでやかさに乏しいのも、さう云ふ男にうとまれる堅儀な町女房の感じがある。そのほか舞台一杯に暴れ回る太兵衛も善六も、見馴れたせゐか両脚のぶらん〳〵するのが前の幕ほど眼ざはりでなく、だん〳〵自然に見えて来るのも不思議であつた。」「みんな一人の小春を中心にしてゐるところに、その女の美しさが異様に高められてゐた。成るほど義太夫の騒々しさも使ひ方に依つて下品ではない。騒々しいのが却つて悲劇を高揚させる効果を挙げてゐる。……」

と、義太夫の騒々しさに対しても見方を変えている。また、

長唄の三味線は余程の名人が弾かない限り、撥《ばち》が皮に打つかる音ばかりカチャカチャ響いて、か

んじんの絃の音色が消されてしまふ。そこへ行くと上方の方は浄瑠璃でも地唄でも東京のやうに撥を激しく打つけない。だから余韻と円みがある。

と、上方の三味線も高く評価するようになっている。

さらに数年後の昭和十年の「大阪の芸人」では、「地唄の稽古をしたのが義太夫に興味を覚える端緒となつたのでもあらうが、そのせゐか、今でもどちらかと云ふと太夫の語り口よりは三味線の音色を聴くのを楽しむ」といい、「浄瑠璃の三味線弾きと云ふものは、太夫の方が泣いたり喚いたり仰け反つたりして盛んな身振りや表情をするのに引きかへ、始めから終りまで殆ど顔面筋肉を動かすことなく、静かに弾きつゞけてゐるのであるが、彫刻的な綱造の顔はそれ故に尚その森厳さを加へる」「津太夫と並んだ時に、年配と云ひ、押し出しと云ひ、実に似合ひの一対を成してゐる」と、三味線弾きにも注目している。

以上のように人形から人形使い、義太夫、三味線の音色から三味線弾きと、それぞれに優れた評価を文楽に示しているのだから、山城少掾《やましろのしょうじょう》が谷崎を優れた良き理解者と頼んだのも無理はない。

ところが昭和二十三年に発表された「所謂痴呆の芸術について」は、表題からして文楽は「痴呆の芸術」と断じたショッキングなものだった。冒頭、「菊五郎夫妻や三津五郎や山城少掾等を囲んで芝居好きの人々が某所に会合した折のこと」

とあるのは、後に紹介する「観照」第一三号（昭和一三・三）で、「四名匠に聴く炉辺よもやま話」とあるのを指す。その座で山城少掾は、「谷崎先生に是非伺ひたいと思つてゐたのです。辰野先生が夕刊『新大阪』の紙上で文楽を畸型的な発達をしたゲテ物だ、趣味の賤民の芸だと仰云つてゐます」「古くから伝はつてきた人形浄るりを今更このやうにいはれて宜しいものでせうか」と訴える。

谷崎は辰野隆は悪気のない男だからと皆をなだめ、あとはよもやま話に移って行くのであるが、改めてこの文章では、「私は山城氏や三宅周太郎氏あたりから文楽の讃美者であると認められ、従つて又義太夫の理解者であるやうに思はれてゐるらしいのであるが」「正直のところは山城氏に代つて辰野に反駁文を呈する資格はない」と述べ、かえって「近代の教養を身に着けた一人前の男子の理性に照らして見れば、正しくあれは痴呆の芸術に違ひない」と、山城少掾の期待に反して、真向うから文楽を批判してかかっているのである。

谷崎はここで、大近松の作品はほとんど顧みられず、末流作者の例えば菅専助、若竹笛躬になる「合邦」が評判になっているのを問題にしている。「合邦」では玉手御前が、「義理ある我が子の俊徳丸に恋慕をしかけたり、彼に毒酒をすゝめて癩病にさせたりしたのは、実に俊徳丸の命を助けるための、一時的の見せかけ」で、「俊徳丸の眼前で自分が父に斬り殺されるやうに工《たく》み、「正直一途な父をして自分を大悪人と思ひ込ませ、彼を全く興奮させ、怒らせ」我が子殺しをさせた上で、寅の年の寅の月の寅の日の寅の刻に生まれた自分の肝の臓の生血を飲ませたら治るのだと、苦しい息の下からあえぎあえぎ言って俊徳丸を本腹させる。「お客をハラハラさせて置いて最後にほっと安心させる」「その欺き方が実にあくどくて念が入りすぎてゐる」。「義経千本桜《よしつねせんぼんざくら》」の鮨屋《すしや》の権太《ごんた》や、「菅原伝授手《すがはらでんじゅてな》習鑑《らいかがみ》」の寺子屋の松王や、「一谷嫩軍記《いちのたにふたばぐんき》」の陣屋《じんや》の熊谷《くまがい》の身代りや贋首事件も同様である」と「人間性を無視した歪曲」と非難している。

そして、「義太夫だけが変に残虐な場面を描くことを好み、血を見なければ承知しない文学と云った趣があるのはどう云ふ訳か、あゝ云ふ語り物が大阪で発達したのには何か理由があることなのか」と疑問を提出し、「知性に欠けてゐるところ、矛盾や不合理を敢てしてそれを矛盾とも不合理とも感じないところ、まるで小便でもするやうに簡単に腹を切つたり人を殺したりして、人命の重んずべきを知らないところ、非人間的な残忍性を武士道的だと思つてゐるところ」「義太夫を聴くと軍閥の野蛮性を思ひ出し、あの当時の国民全体の馬鹿さ加減を思ひ出して、一層厭な気がする」「定めし外国人達は、日本人と云ふものを凡そ頭の悪い国民だと思ふであらう」「日本の芸術は皆こんな風に残忍で、野蛮で、論理を無視したものであり、国民性も亦さうであるかのやうに、彼らが思ひ込んでしまふのではないか」したがって「どうか歌舞伎や文楽などは、間違つても『世界的』なんぞになつて貰ひたくない」「小中学校や女学校の先生たちが、年歯も行かない少年少女たちを引率して文楽などへ『国粋芸術』の見学に行くのなども如何であらうか」「誤まつた義理人情や犠牲的精神を教へ込まれても困る」と決めつけているのである。

これは辰野隆の放言以上に、大きな波紋を文楽界に投げかけた。何しろ『蓼喰ふ蟲』で文楽への心酔を吐露し、世人の文楽への関心を高めた大谷崎の言であるので、かえって藪蛇の結果を招いた。「観照」第一九号（昭和二四・二）の「ひとこと欄」では、「最も頼もしい味方だと思つてゐた潤一郎老にさへ、今更『痴呆芸術』呼ばはりされちや、神懸り論者は周章《あわ》てる筈だよ。（さん馬）」と自嘲する始末。「神懸り」という言葉を使っているほど、裏切られた、こちらが馬鹿だったという思いがにじみ出ている。

二　「痴呆の芸術」反論

これに対し、聞き書きをして平成七年『吉永孝雄の私説昭和の文楽』（和泉書院）をまとめた一人青木繁氏は同書の中で、《痴呆の芸術論前後》と題して、「辰野の所論に対しては、『その論旨は例の逆説と詭弁とで出来上がっている（昭和二十二年の関西古典劇壇の回想）』と反撥した武智鉄二も、『辰野と同意見のふしぶしが多い』と表明した谷崎の批判には、ほとんど無抵抗のように見えたし、その批判を文楽の太夫たちの反省資料へ転化しようとした形跡がある」と指摘する。

武智は『風《ふう》の論理』（昭和二四年二月）において『今日第三流の浄瑠璃は節を語り、第二流の浄瑠璃は情を語る』だから谷崎は、義太夫語りの集会に無智な顔の集団を感じるのである。文楽座の太夫もせいぜいこの二流と三流の間を右往左往している程度」しかし「山城少掾こそは『最後の義太夫語り』であり、『谷崎潤一郎氏が山城少掾や道八を否定し得ない事は意義深い。恐らく仙糸をも否定し得ないだろう』と述べ、今こそ『風』への反省を真剣になすべき機会だと主張した。『風』への回帰ということは、最も正しい浄瑠璃の解釈に至り着く事であろうし、この次元の表現に至れば、もう谷崎の批判を超克し去った芸術となるはずである、という意を含んだ一文とも見られる」

「しかし、そうであるにせよ」と青木氏は批判する。「この返し矢はわざと的を逸している、という印象が強い。武智に限らず、谷崎の批判に真正面から立ち向かった反批判は出てこなかった」と述べ、「この谷崎の批判を最も強く受け止めた一人が吉永先生だった。文楽を学生生徒に早い時期から鑑賞させ、その良さに触れさせる運動を、当時積極的に推し進めていた先生の脳裡から、この批判が消えた事はなかった。以後、先生のお仕事の一つとして、年月をかけて、この批判の不当性を証明する実践が加わることになる」といって、その文楽に傾倒した業績を紹介する。

吉永孝雄氏は谷崎より二まわり下で東大国文卒、大阪生まれの大阪育ちで、文楽が好きで好きでたまらない。文楽の話をするとき常に目は輝く。文楽評を書くにも、初日、二日、三日とつづけて見た上で筆を執るという念の入れ方、一生を文楽の振興に尽くした人である。

吉永氏は「現代に生きる人形浄瑠璃」と題して、『上方芸能』二一号（昭和四六・二）に書いている。

谷崎潤一郎は反対しているが、高校生が受験に目の色を変えない中に一度卒業までに見せる。

大阪府下には二〇〇校以上の高校がある。まじめにさえ鑑賞させたら、その中の半数は何かを摑むに違いない。これは文化庁の仕事でも経験済みであるし、谷崎氏に心配されながらも戦前から今日まで実際やってきて、よい結果こそ報告されることはあるが、悪い結果を一度も聞かされたことはない。私は演劇というものは新劇のように今日の生き方でなく徳川時代の武士や町人の生き方として、その悲しみと苦しみを考えていけばいいのであるから、教育上けっして悪いとは思わず、チョンマゲを結った時代の思想を今日の生徒が、すぐまねるとは思わない。初めは人形中心の、美しい型の舞台芸術として鑑賞していけばいいのだ。

また、同じ雑誌八四号（昭和五九・四）には、「文楽は世界で最もすぐれた人形芝居である」と題し、「人形芝居など子供の見るものだし、一時から五時までの長時間、生徒がとても辛抱出来ない」と反対する高校教師に対して、

この意見が、敗戦の痛手を負うて忠義や犠牲の精神が軍部の悪用と非論理的な作品から反駁して書かれた谷崎潤一郎の『所謂痴呆の芸術について』に同感して言うなら別だが、何にも知らないこんな教師が生徒を教えているから、今の高校生の教養がどんなに程度が低いか分るであろう。新しがりやで高尚ぶったことを言う癖にあまり本は読まないから、ノーベル賞受賞の湯川秀樹博

士が義太夫を気分の転換をはかるため、忙しい日々の暇を見付けては熱心に稽古されたことなど夢にも知らないのだ。

と断じ、「中学生のころから浄瑠璃を『書かれた文学』として親しんできた」博士の「浄瑠璃の不思議さ」の一節を紹介する。「艶容女舞衣《はですがたおんなまいぎぬ》」の「今ごろは半七つぁん……」で有名なところである。

……「酒屋」のさわりは、「跡には園が憂き思ひ、かかれとてしもうばたまの、世のあぢきなさ身一つに、結ぼれ解けぬ片糸の、繰り返したる独り言」という名文ではじまっている。これに対する節づけは、「跡には」から「憂き思ひ」まで、だんだん低音になってゆく。そのあと細かい抑揚を伴いながら少しずつ高くなり、そして「繰返したる」の「返し」の所で、一番高い音になる。こういう節づけによってお園という女性の哀れさが的確に表現され、聞く人の同情をさそわずにはおかないのである。

他にも「新口村《にいくちむら》」の段切れの節まわしにもふれてあるのだが、それらを引用して吉永氏は慨嘆する。「この細かな浄瑠璃に対する博士の気持を理解出来るものなど、高校の国語の教師でも百人に一人位しかないのが現状であろう」と。

これら実際の現象面からの反論に対し、谷崎が問題にしている非人間的な不合理性をはらむ『合邦』などを取り挙げ、理論的に反論したものとして、水落潔氏の『文楽』（新曜社・平成二）がある。

しかし、こうまで毒づきながら、谷崎は、足かけ五年にわたる戦争の期間、熱海で過ごしていた時、山城少掾と清六の演奏するこの「合邦」をたびたび聴き「分けても私は『俊徳様のおんことは寝た間も忘れず恋ひこがれ、思ひ余つて打ちつけに……』云々のあたりの三味線が甚だ気に入り、あすこのところは何度繰返して聴いたか知れない」と言い、「三味線の手に何となくあの場の悪魔的気分が出てゐるやうに思へるのである」と書く。そして玉手御前が人目を忍んで、父合邦の家を訪れるところは「『しんしんたる夜の道、……』と云ふ何でもない平凡な一句に過ぎないのであるが、それが一度山城少掾の唇に上つて語り出され丶ば、不思議にもそこにしんしんたる深夜の雰囲気が生れて来、聴き手は身自らその境地にあるかのやうな感を催す」と感心している。

と述べ、次のように主張する。

しかしこの痴呆の芸術たるところに、実は文楽の魅力があるのだ。谷崎は筋の晦渋、大仰さ、一方での名人芸の素晴らしさを併記しているのだが、この矛盾こそが文楽の魅力であり、その芸を成立させている要素なのだ。

人形は人形であるが故に人間にはなれない。語りは人間に近づけば近づくほど、谷崎のいうように戯曲の矛盾と対決しなければならなくなる。しかしその矛盾をのりこえるところに彼らの芸はあり、目標があったのだ。谷崎が筋の荒唐さにあきれつつ山城の芸に感嘆したのは、山城がその矛盾を克服したからであった。

さらに渡辺保氏は『豊竹山城少掾』（新潮社・平成五）の中で、次のように敷衍する。

谷崎は「『合邦』の後段は実に馬鹿馬鹿しいもので、わずかに玉手の前半の邪恋こそが美しいといっている。つまり玉手の恋が本当だ」と解釈する。そして「彼女が周囲をあざむいて俊徳丸に恋をするなぞというのは、名優が観客をだます名演技をしているようなもので、日常生活にそんな演技力のある名優のような女が存在するわけがないという。しかしまさにそこにこそ彼女の色気の根源というものがあるのだ。たしかに日常生活の現実では、そういうことは至難のわざだろう。しかしいまここで問題になっているのは日常の現実ではなく、ありそうもないことがおこる虚構の世界である」「虚構は他者の視線によって真実になる。玉手御前の色っぽさはここにある。それは演じられたものだからこそ美しい。『母』は演じられるからこそ哀しく、『恋』は演じられるからこそ色っぽい。それをデフォルメしすぎると思うのは、谷崎潤一郎の自然主義的リアリズムの限界である」と反論し、「谷崎潤一郎があんな名優のような演技力をもった女が実在するわけがないといった、まさにそのことが山城少掾の課題であった。そういった谷崎でさえ推賞してやまなかった前半の色っぽさ、あのむせかえる官能性は、この玉手の二重性によるのであり、しかもその玉手を演じる山城少掾の芸の方法の二重性でもあった」と言っている。

ということは、谷崎自身も、水落氏の引用にあるように、その矛盾を越えるところに文楽の本領があることを、一方では感じ取っているのである。ではなぜかくも過激な文楽批判を書いたのであろうか。

谷崎は山城少掾から、文楽擁護の立場に立って辰野隆に対する反論を書いてくれと言われたとき、辰野が近代西洋文学の視座から、畸型的なゲテ物だとののしっている文楽の、古めかしい前近代性の中に埋没している自分を、同じ江戸っ子の旧友辰野があざ笑っているのでないかというような、ある種の自分を恥じる気持が勃然と噴出したのではなかったか。したがって大きく辰野側に揺れて「近代の教養を身につけた一人前の男子の理性」という立場から、この文章は書かれたのではないかと推察される。

谷崎はいわば辰野をとるか文楽をとるかという踏絵の前に立たされ、辰野側にも文楽側にも両面を内包している自分に改めて直面し、それが文楽側から迫られたゆえに、反動的に大きく辰野側に揺れ動いたといえないか。

換言すれば山城少掾からこういう依頼を受けなければ、「所謂痴呆の芸術について」は書かれなかったのではないか。かねがね鬱積していたものがあったから、いつか書かれたとは思うが、自然発生的に平静な心境でペンを執ったものであれば、こうまで厳しい文楽批判口調にならなかったのではないか。

それともう一つの大きい要因として、敗戦の悲嘆と自信喪失から、わが国文化を過当に軽視する風潮に、谷崎も無縁ではなかったといえる。昭和二十三年といえばまだ占領支配下におかれ、進駐軍の手によってわが国の封建的なものを過度に抹殺する空気にあった。外国人の目を卑屈に意識せざるをえない状況にあった。

敗戦後の反動で、日本の文学は顧みられず、フランス文学がフランス映画とともにもてはやされ、大学の仏文科にどっと人が集まった。フランス文学者の辰野隆の文楽罵倒も、多分にそんな時代の空気に影響されている。それに、水落潔や渡辺保の谷崎の文楽痴呆論に対する反論が、等しく戦後四十年、谷崎の死後二十年もたってからのものであることを思うとき、経済大国になって文楽が評価されるのを見届けた上でしか書けなかったということもできる。

最も早い吉永氏の反論でも谷崎の死後六年である。反論がもっと早く、谷崎生前の昭和四十年以前に出ていれば、それに刺激されて、修正された谷崎の晩年になっての文楽観が書かれたのではないか。吉永・水落・渡辺各氏の反論は、要するに舞台表現である文楽を、文芸表現としてしか見なかった谷崎の、文楽痴呆論を批判しているのであるが、そういうことに当時から気づいていないではなかった谷崎の、もっと大所高所に立った谷崎晩年の文楽観が聞けたはずだと私は思う。

戦後フランス文学者の桑原武夫は、わが国伝統の短詩形文学としての俳句の現状を批判して『第二芸術――現代俳句について』(「世界」昭和二一)を発表した。その鉾先は短歌にも向けられ、多大の反響を巻き起した。谷崎の文楽痴呆論もその流れの中に置いて考えられるのであるが、今日その予想に反して俳句・短歌の隆盛は目を見張るものがあるし、文楽もまた日本の伝統芸能として世界的な高い評価を集めている。谷崎潤一郎や桑原武夫が今日の姿を見たら、どう思うであろうか。けれども二人の指摘した問題は今日でも内包しているのであって、常に念頭において克服して行かねばならない課題である。決して過去の遺物として看過できない視座をかかえていると思う。

ただ大阪の人は、現実に到底あり得ない虚構の世界と思うほどに、それが舞台の上でどう演じられるかを楽しんだのでないか。そこに至るもつれにもつれ、ひねりにひねった、おおよそ馬鹿々々しい筋書は、所詮は舞台の上でのこととあまり詮索しなかったのではないか。むしろ自分らの身のまわりの悲劇にひきくらべ、そうまで複雑怪奇で残酷ではないと慰められると同時に、遥かに抜き差しならぬ極限の悲痛に、涙させられたのではないか。「義経千本桜」で梶原景時が千里眼のように何もかも見透していた人物であることに、スーパーマンのような痛快さを、「絵本大功記」で武智光秀（明智光秀）と真柴久吉（羽柴秀吉）が尼ケ崎の段で、他日天王山の合戦を予言して別れるというありえない場面にスリリングな期待を胸にして、物語の世界に遊ぶひとときを楽しんだのではないか。

その点武士が多く、もっと理詰めに科学的に考える江戸東京の人は、特に谷崎は、自分自身創作の筆を執って筋の面白さを、いかに辻褄をあわせて書くか腐心しているだけに、あまりにも拙劣幼稚な奇をてらうためのどんでん返しをいとも簡単にやってのける際物が多いのにあきれ、腹立ち、許せなかったのであろう。

「山の手の家庭では概して歌舞伎芝居や浄瑠璃等の町人芸術を卑しむ風があり、子女に悪影響を及ぼすものとして、さう云ふものを見たり聞いたりすることを禁じる傾きがあつたので、辰野のやうな山の手つ児は、義太夫に限らず、すべての江戸時代の音曲を軽蔑してゐた」と谷崎は書いている。

まずここに、下町に育った谷崎の山の手に対するコンプレックス――若き日の屈折した拒否反応が、谷崎の根底に巣食っていたと考えられる。その点、士農工商の最下位に置かれた商人の町大阪の人は、反対に自分らの育てた芸能としての文楽という誇りとともに、胸に忠孝の真情を秘めながら、意見具申できぬ鬱積からやむにやまれず行動に出る。当然甚だしい誤解を受け、逆鱗にふれ、問答無用と切り捨てられる。そのいまわの死の間際に、実はと赤心を縷々吐露する。そういう臨終の場面では、上の者も黙れと無視するわけにいかず、耳を傾けてくれる。そこで不自然な独白が長々とつづくのであるが、聞く方は始めて真実を知って驚き、はやまったことをしたと悔やみ泣く。そういう抑圧された者の隠れた美徳を歌う文楽に共感の拍手を送ったのではないか。がんじんがらめの身分の束縛を痛感するゆえに、荒唐無稽の現実遊離のスーパーマン的虚構の世界に憂さを晴らし、より極限の世界にぎりぎりのおのれを託して、カタルシスの涙を流したのではないか。それを芸の世界で見る楽しみ、クライマックスの感動的な場面を、人形遣いがどう演じ、義太夫がどう語り、三味線引きがどう雰囲気を盛り上げるかに、人びとは時を忘れ、劇中にはまったのでないか。

今日の人は、殊にさわりの場面の芸に注目し、谷崎が「痴呆の芸術」と酷評した、途方もなく入り組んだ馬鹿々々しい複雑怪奇な筋書などは、あまり問題にしなくなっている。

また操り人形しか知らない外国の人は、一つの人形を三人で呼吸を合わせて操る妙技や、義太夫の太い声音《こわね》や、太棹三味線の重々しい響きに、エクゾチックな魅力を感じ、谷崎の危惧する「残忍で、野蛮で、論理を無視したもの」ということは、二の次になっているのではないか。

文楽は封建の時代を背景に成り立った世界であるから、時代とともに言葉一つとっても、壁は厚くなる一方で、あらかじめ梗概をのみこんでおかないと容易に理解しがたい。ということはおよそどういう内容か前もってわかっての上で、文楽という特殊な芸と技を見に行くことになる。

今日では若い人にも広く関心を持ってもらうために、『春琴抄』や『夫婦善哉』などの近代小説を脚本化し、口語の語りを工夫するなどの試みがされている。しかし伝統芸能の蓄積を生かし、古典に比して遜色のないものをというのは至難の業で、今後も試行錯誤が重ねられるのであろう。

それとすでにくり返し上演されて十八番となったさわりの場面、谷崎がくり返し山城少掾や鶴澤清六の太棹三味線のひびきに聞きほれたという名人芸、『春琴抄』の中にも血みどろの文楽修業が紹介されているが、そのようなすさまじい稽古は昔話になった今日では、どうしても芸は落ちてしまう。故人の至芸のレベルを落さぬようにすることも、今日の大きな課題である。

今や国際的に注目されるに至った文楽は、単に大阪の人のみならず日本人全体が育てた共有財産の芸能という自覚と、外国の人に説明できる高い鑑識眼を持って、明日の文楽を育てて行く義務が、われわれにあることを肝に銘ずべきであろう。

〈注〉

（1） 寛文二年（一六六二）竹田近江掾が建てたので「竹田の芝居」といわれた。明治九年の大火後再建され、十一年に弁天座と名づけられた。大正期、山長・沢正らの舞台となった。道頓堀五座の一つ。御霊文楽が大正十五年焼失し、昭和四年四ツ橋文楽に移るまでの間、ここで文楽が演じられた。以後映画館、昭和十六年からは実演劇場に。昭和二十年、空襲により焼失した。（写真集『おおさか一〇〇年』サンケイ新聞社写真説明より）

『蘆刈』と古川丁未子

一　丁未子結婚のなぞ

谷崎潤一郎の三度の結婚の中で謎とされているのは、二度めの古川丁未子《とみこ》の場合である。

最初の石川千代との結婚は、姉初に求婚したが、初にはすでに旦那があったので、すぐ下の妹千代をすすめられ、姉と同様の性格であろうと結婚したところが正反対、谷崎好みの女性でなかった。そんな夫婦の不仲を谷崎家に出入りしていた佐藤春夫が見て、千代に同情するとともに恋に陥り、昭和五年八月、有名な細君譲渡事件、――谷崎が妻千代を佐藤春夫に譲るという声明書を出して離婚した。

当時、世間の非難は甚しく、千代の不倫と糾弾され、娘の鮎子は女学校を退学させられ、今も谷崎は物品のように細君を譲渡した、甚だしくは細君を交換したと誤解されている節があるが、現在の不倫横行の世相からすれば、正々堂々と天下に公表して離婚し、三者円満にケリをつけたのだから、むしろ立派と逆の評価をしてよいともいえる。

三番めの根津松子との再婚は、昭和二年、来阪した芥川龍之介を訪ねて来た根津松子の席に居あわせた谷崎潤一郎が一目ぼれし、しかし何分相手は木綿太物問屋で大阪一を誇る豪商根津商店の御寮人、関東大震災で家を失い、関西に逃れて来た一介の文士のとても手の届く女性ではない。高嶺の花と遥かに仰ぎ見るよりほかなかったが、当主根津清太郎が商売を顧みず、画家や役者や芸人のパトロンになって散財したので、根津商店は次第に傾いてゆき、それにつれて夫人松子が手の届く存在になって来て、ついに掌中にする念願を果たした。

千代との結婚の経緯と離婚、松子との出会いと再婚、ともにはっきりしているのに対し、その狭間で周囲の疑惑、危惧、反対の渦の中で、突然意外な結婚をし、わずか二年そこそこで離婚した古川丁未子の場合は不審である。なぜ、谷崎潤一郎は彼女を娶り、娶ったと思ったら別れたのか。

この問題を採り挙げて追及したものは今までのところ見あたらない。それは確たる証拠となるべきものがないので実証するのが困難なことによるが、しかし今ある資料からでも一つの見方ができるのではないか。結論を端的にいえば、谷崎は『蘆刈』を書くために古川丁未子と結婚したのではないか、という解釈である。

むろん丁未子との高野山での生活中に書かれた『盲目物語』や、その後に連載を開始した『武州公秘話』はある。殊に後者は松子・丁未子の映像が絡んで成立したとする秦恒平説などの言及がある。しかしここではそれより遥かに比重の大きい、しかも今まで誰もふれていない『蘆刈』を問題にする。以下このことを立証するために論を進めてみようと思う。

まず古川丁未子に婚意をうち明ける昭和五年暮から翌六年初頭にかけての時点で、根津松子はもはや高嶺の花ではなかった。というよりむしろ松子の方から働きかけがあって、谷崎がその気になれば、性急に事を運ぼうとさえしなければ、一緒になれるのはそう遠い状況ではなかったことが指摘できる。

なぜなら、すでに四年二月、松子が娘恵美子を生む産褥中、夫清太郎は事もあろうに松子の末の妹信子と駆け落ちするという事件を起している。そしてその年の初秋、稲沢秀夫『秘本谷崎潤一郎』によれば、谷崎と懇意で、根津清太郎とも知己である画伯樋口富麻呂は、印度から帰って来た際、出迎えに来た松子から谷崎と結婚したい旨相談を受けたといっている。「昭和四年という年は谷崎家と根津家が地唄舞の稽古を通して親交を重ねた年」、松子は谷崎と千代との不仲を知っていたと考えられる。

しかもその年の十一月二十一日の大阪朝日新聞「女人群像」欄に、担当記者の隅野滋が、写真入りで「長き振袖揺らぐ／旧家に嫁して珍らしく／ダンスを喜ぶ根津まつ子夫人」の見出しで、「千日前のユニオンがまだダンスホールをやつてゐたころ、故芥川龍之介さんと谷崎潤一郎さんと一緒にまゐりました」などと書いたところ、谷崎に呼びつけられた。このことから社内では、谷崎と松子の仲が噂されるようになった。

翌五年八月、谷崎は千代夫人を佐藤春夫に譲るのであるが、この事件の裏にはすでに松子が関与していたといわれている。この話はすでに九年前の大正十年、実現寸前までいっていたのに谷崎が翻意、佐藤春夫と絶交した世にいう小田原事件といわれる経緯がある。なぜ翻意したか。『痴人の愛』のモデル、千代の妹せい子と結婚しようと思っていたが、うまくいかなかったからである。とすれば今回はそういう目算——松子と結婚できるあてがあって踏み切ったということができる。

現に谷崎は十月下旬から『吉野葛』を書くため吉野の桜花壇に滞在するのであるが、同じく樋口富麻呂の言によれば、根津清太郎は原稿整理に松子が吉野に行っていたと語ったという。『吉野葛』は翌六年「中央公論」一・二月号に発表されている。

一方古川丁未子は昭和四年、大阪府女専（現大阪女子大）卒業直前の春、結婚する先輩武市遊亀子の秘書役の後任選びとして同級生らと谷崎に会ったのが機縁で、谷崎の秘書役にはなれなかったが、五月に大阪の関西中央新聞社に斡旋してもらい入社、さらには文芸春秋で「婦人サロン」記者を求めているのに紹介状を書いてもらい、五年八月入社した。

ところがその年の十二月吉野から岡本に帰った谷崎は上京して丁未子と会い、さらに翌六年一月十五日再度上京して「来てくれないか」と婚意を打ち明け、さらに二十日には後掲の求婚の手紙を出している。

丁未子は一月三十一日の大阪朝日新聞によれば、三十日朝谷崎と岡本の家に帰ったが、一切を秘して誰が来ても門前払いをしたという。しかし翌三十一日谷崎は丁未子とともに鳥取の丁未子の両親を訪ね、結婚の許しを得て以後同棲、四月二十四日正式に挙式、五月には高野山龍泉寺内の泰雲院に滞在し、谷崎は『盲目物語』を執筆、九月に「中央公論」に発表する。

ところが岡本の梅ノ谷の家を売りに出してあったため、九月二十七日下山して孔舎衙《くさか》村の根津商店寮に丁未子とともに移った。そこで『武州公秘話』を「新青年」に連載を始め、十一月十一日には夙川の根津別荘の別棟に転居、翌七年二月には魚崎町横屋に転居し、さらに三月には同町の隣家に別居中の松子と垣根越しに往来できる家に転居した。しかも松子の言によれば、呼ばれるままに谷崎家に行ったところ、谷崎は両手をついてお慕いしておりますと愛を告白し、九月には後掲の求愛の手紙を出している。まるで松子の掌中に丁未子は操られ、谷崎は始めから丁未子に心あらず、松子を本命と目していることがうかがえる。しかも「改造」十一・十二月号に『蘆刈』を発表すると、十二月には丁未子と別居、翌八年五月に正式に離婚と話が進むのである。

そもそも谷崎が丁未子と結婚すると聞いて、前掲の丁未子の学友隅野滋は山下滋子の名で、「思い出の人々」と題して、「早耳のBK奥屋熊郎さんでさえ、夜おそく私に電話して来て、『本当にチョマさん（丁未子の愛称）なの？　松子さんの間違いではないの？』と繰り返し念を押されたのです。奥屋さんばかりでなく私だって千代夫人と別れた後は必ず松子さんが―と信じ切っていたので全く意外な思いをしました。これはどう考えても無理な結婚だ、年もキャリアも違いすぎる、一致点がない等々、諸説紛々、つまるところ永つづきしない、せいぜい二年くらいの結婚だろうと、知るも知らぬもおしなべてそのような予測をしていました」と谷崎の秘書役をした高木治江『谷崎家の思い出』

（構想社・昭和五二）の末尾に書いている。

また挙式後丁未子の父親は仲人の岡成志に「私にはどうしても目出たいと思えないのです」「娘のような田舎育ちのどこがどう気に入って下さったのか私には全く解《げ》せないのです。私は祝言の間中、熱病だ、熱病だ、どうせ捨てられるだろうが、どうか惨めな捨て方だけはしないで下さいと祈り続けていました。今は先生と引き合わした運命を呪いたくなります」といっている。

以上の経緯をたどるだけでも誰の目にも不自然な話で、丁未子との結婚は、『蘆刈』を書くためではないかという疑問を投げかけても、そうおかしくはないであろう。

二　強烈な松子憧憬の産物

『蘆刈』『春琴抄』ともに谷崎潤一郎の強烈な根津松子への思慕なしには書かれなかった姉妹編ともいっていい、谷崎独自の、谷崎が生涯の中で、特に心血を注いだ名作である。(1)幸い『春琴抄』の場合は松子の述懐があるので、実生活の裏付けがはっきりしている。まずそれからあげることにする。

昭和四十五年（一九七〇）発行の『春琴抄』自筆原稿複製本の栞に松子は書いている。

春琴抄は、或る意味では最も密接に私たちの生活に結びついてゐる作品であらう。お互に未知の部分が多かつた頃だし、それだけに初心で、瑞々《みずみず》しい感じに充ちてゐるやうに思ふ。
それに燃え方が自然で、必然で自分をも燃焼し尽さん許りに熱烈な炎《ほむら》が篝火《かがりび》の火の粉の美しさを持つて散らされてゐる。それが、あくまでも謙虚に押へられて、全体がまことしやかな筋となつて運ばれて行くのである。（中略）
夫の思出を綴つた「倚松庵の夢」に書いてゐる通り、高雄山の地蔵院の一室に萌えるやうな楓の新緑が障子を透かして、鞠躬如《きつきゆうじよ》として畏まる夫の顔を染めてゐた情景は今も忘れられない。それは、真剣そのものであつた。失敗した結婚生活は自分の我儘からであると悟り、是を永続させるには、我儘をいさゝかも許さぬ厳しい戒律を自らに課し、それには主従の形によつて相手を崇め、滅私奉公の境地に沒入する以外になしと信じ実行したのであつた。
夫に取つては苦行のやうな忍耐の生活にむしろ愉悦を感じてゐたのも此の頃ではなかつたらうか。

この環境から春琴抄の発想が成つたことは疑ふ可くもない。

「主従の形」「滅私奉公の境地」という言葉はそのまま佐助を演じた谷崎自身の姿を物語っている。
私はかつて『谷崎潤一郎『春琴抄』の謎』『谷崎・春琴なぞ語り』の二著において、『春琴抄』発表後五十年もたってにわかに吹き出した、春琴に熱湯を浴びせた犯人は誰かという問題をめぐって、佐助犯人説、春琴佐助黙契説、春琴自害説が唱えられたことに対し、主想副想論を打ち出し、副想として彼の実生活が深く潜在していることを力説した。

つまり彼の場合、特に私小説作家について、作品と作家の実生活を密着させて考えてはいけない、主人公は安易に作者と考え、モデル詮索に走ってはいけないと警告するのとは逆に、実生活に注目し、この問題を見直さなければならないことを強調した。作中の「私」を作者と考えず、むしろ「私」が語る話題の登場人物に作者をおいて考えなければならない、実生活の思い入れがさまざまに副想としてこめられていることを指摘した。

谷崎松子は『倚松庵《いしょうあん》の夢』（中央公論社・昭和四二）で書いている。「翌年には春琴抄に執りかゝっているが、此頃になるとすっかり佐助を地でゆく忠実さで、もうけられた座が結構過ぎて時に針の蓆《むしろ》に感じられる日もあった」「佐助を自ら任じて大真摯《まじめ》な人に、その当時は口を差し挟めぬ真剣さであった」「お食事は最初の内は一緒に食べて貰えなかった。お給仕をしてからあとで戴きますと云って聞き入れなかった」「私はお女中と一緒に食事をさせて戴きますと云い、しかもその為に、大阪の船場辺りのお店の番頭さんや、丁稚の使う春慶塗の四角の木箱で、中にお茶碗やお箸箱を納め食事の時に蓋を裏返してお茶碗を取り出して載せる箱膳」を、「どこでどうしたのか、とうとう手に入れて暫くは気に入って使っていたようであった」と。

また、同書には次のような谷崎の手紙もある。

御寮人様より改めて奉公人らしい名前をつけて頂きたいのでござります、「潤一」と申す文字は奉公人らしうござりませぬ故「順市」か「順吉」ではいかゞでござりませうか。柔順に御勤めをいたしますことを忘れませぬやうに「順」の字をつけて頂きましたらどうでござりませう。

これらのことから、いかに天才谷崎であっても、春琴・佐助という現実にはありえないような男女関係を創造するには、自らが佐助になり切り、松子を春琴に目することが必要だった、そこまで徹底しなければ満足のいく作品はできなかった、壮絶な芸術家精神に想到させられる。

このことはより人間関係の複雑な『蘆刈』制作に際しては、なおさら言えるはずである。

お静と目された丁未子の述懐がないから勝手に憶測することはできないが、春琴に見立てられた松子さえ、「針の莚に感じられ」「神経を使うことに疲れて、病気勝ちであった」と書いているのであるから、お静の立場と目する丁未子の演戯などとうてい無理な話。第一谷崎はそういう意図を隠していたろうから、その心中など読み取れるはずがない。

『蘆刈』はお遊さまをひたすら慕うあまり、妹のお静も慎之助も夫婦になりながら肉体的契りを結ばぬことを誓い、お遊さまに操を立てることに共に喜びを見出すという奇妙な小説だが、三人の話を語って姿を消してしまう作中の男は誰かが問題になり、三つのモデル説が出た。

一つは、お遊さまは松子、お静は松子のすぐ下の妹の重子、慎之助は谷崎で、男は慎之助の亡霊と見て、根津松子と谷崎潤一郎の「結ばれ得ない相愛が、結ばれないままに美しく貫かれた」とする河野多恵子説。

今一つは、男は慎之助とお遊さまの不義の子であって、母恋いが主題であり、お遊さまを通して谷崎自身の母への思慕を語るとする秦恒平説。したがってここでお遊さまは谷崎の母、男は谷崎、とすると慎之助は谷崎の父になるが、お静に該当するものは特にない。

さらにもう一つは題詞に引用されている歌「君なくてあしかりけりと思ふにもいと丶難波のうらはすみうき」から『大和物語』の「あしかり」にあてはめ、『大和物語』の「女」はお遊さまになって根津松子と見るのはかわりはないが、「男」は慎之助となって松子の前夫根津清太郎を、「ある人」はお遊さまの再婚先の宮津となって松子を娶った谷崎潤一郎を、それぞれモデルとするという福田和也説が出た。したがって超えられぬ障害を抱えた純愛譚でもなく、母恋いでもない。失った愛人（あるいは妻）への思慕を扱うコキュ小説だと考えるのである。この場合はお静は根津清太郎と駆け落ちした松子の末の信子が相当することになるが、そんな話を私に語った男は誰かについての言及はない。

いずれも『春琴抄』と同様どのようにも考えられる謎があって、多義性をはらんだ作品であるのだが、不審に思うのは『蘆刈』が書かれたその年、結婚した古川丁未子との関連性についてふれたものがないことである。先に引用した松子の文章から類推しても、『蘆刈』の制作中一番身近かにいた丁未子のことが当然考えられてよいのに、それがない。

それはなぜかというと、谷崎・丁未子の結婚と松子とのかかわりが、『蘆刈』の慎之助・お静の結婚とお遊との関係とあまりに乖離《かいり》している、作品のどこを探しても丁未子の匂いらしいものをかぎとることができないからである。

けれども春琴が「強情」で「気儘」で「峻烈」で、松子と似ても似つかないようであって、実は谷崎にとっては松子を理想化して書いている。——つまり師とも御寮人とも仰いで近づけぬ距離がある春琴のような女性こそ、谷崎にとっては理想の女性であることに気づかなければならないと同様に、お静も丁未子の理想化したものとして受取らねばならないのではないか。

しかも後述の松子の引用文にあるように谷崎も松子も、ともに丁未子について「此の夫人のことは名前も書かぬやうに心を遣つてゐた」とある。ということは逆に丁未子のことを考えなければならないといえるのではないか。『蘆刈』の中には丁未子の匂いを片鱗もうかがえぬように書いてあるが、真実は逆照射のように丁未子の投影が全編にしみ通っていると見なければならないのではないか。

後年、松子に子供ができれば「芸術的な家庭は崩れ、私の創作熱は衰へ、私は何も書けなくなつてしまふ」といって、妊娠五カ月の松子に中絶させた谷崎である。お遊さまに仕えるお静と慎之助夫婦を創造するのに、松子との結婚をあえて先送りし、丁未子と一つ家に住むことにより、生身のお静を想定するという試みは、当然考えてよいことではあるまいか。

とすれば『春琴抄』が松子との恋の最も高揚したときに書かれ、その熱気が作品の中にこもってい るのを感得させられると同様に、『蘆刈』も丁未子との結婚中に書かれていることに注目して、その 生活にこもるものが作品に表出していると見る方が自然であろう。

したがって私は、前述の三説のうちどれかを採れといわれれば、松子・重子の姉妹愛をお遊お静姉 妹に形象化したとする河野多恵子説の、お静のモデルは重子と考えるほかに、今一人丁未子を加え、 丁未子が慎之助・お静夫婦の造形を裏で支えたとする説を考えるのである。

三　求婚の手紙　二人の落差

ここでまず谷崎の両者宛求婚の手紙を比較検討する。平成六年に公表[2]された昭和六年一月二十日付 古川丁未子宛では次のようである。後半の主要なところを掲げる。

正直を云ふと、最初にあなたにお目にかかつた時は、あなたがそんなに性格までも美しい方だと は思はなかつた。ほんたうにあなたと云ふものが分つて来たのは最近のやうな気がします。私は あなたを、学問や趣味や技術の上では教へもし、指導することも出来ませう。けれどももつと高 い深い意味に於いて、私はあなたの美に感化されたいのだ。あなたの存在の全部を、私の芸術と 生活との指針とし、光明として仰ぎたいのだ。あなたとの接触に依つて、私は私の中にあるいい素質を充分に引き出し、全的に働かしたいのだ。ジョン・スチュアード・ミルの経済学はミルの創作でなく、ミルの夫人の高潔なる愛と智慧との賜物だと云はれる。私も若し、幸ひにしてあなたが来て下されば後世に輝やくやうな作品を遺すことが出来ると信じる。そしてその功績と名誉とは、私のものでなく、あなたのものです。私の芸術は実はあなたの芸術であり、私の書くものはあなたの生命から流れ出たもので、私は単なる筆記生に過ぎない。

私はあなたと、さう云ふ結婚生活を営みたいのです。あなたの支配の下に立ちたいのです。そして今一度、私に青春の活力と情熱を燃え上らして貰ひたいのです。

すでに私は、此の十年来経験しなかつた盛んな情熱の燃え上りつつあるのを感じ、それを今は出来るだけ抑制してゐます。そして一日も早くあなたと一つ屋根の下に住めるやうになるのを待つてゐます。

これに対して、わずか一年八カ月後、当時西青木にいた昭和七年九月二日付の根津御奥様宛の手紙は次のようである。主要なところを挙げる。

一生あなた様に御仕へ申すことが出来ましたらたとひそのために身を亡ぼしてもそれか《ママ》私には無上の幸福でございます、はじめてお目にかゝりました日からぼんやりさう感じてをりましたが殊に此の四五年来はあな様《ママ》の御蔭にて自分の芸術の行きつまりが開けて来たやうに思ひます、私には崇拝する高貴の女性か《ママ》なければ思ふやうに創作か《ママ》出来ないのでごさ《ママ》いますがそれがやう〳〵今日になつて始めてさう云ふ御方様にめぐり合ふことか《ママ》出来たのでございます　実は去年の「盲目物語」なども始終あなた様の事を念頭に置き自分は盲目の按摩のつもりで書きました、今後あなた様の御蔭にて私の芸術の境地はきつと豊富になること、存じます、たとひ離れてをりましてもあなた様のことさへ思つてをりましたらそれで私には無限の創作力が湧いて参ります

しかし誤解を遊ばしては困ります　私に取りましては芸術のためのあなた様ではなく、あなた様のための芸術でございます、もし幸ひに私の芸術が後世まで残るものならばそれはあな様《ママ》といふものを伝へるためと思召して下さいまし勿論そんな事を今直ぐ世間に悟られては困りますがいつかはそれも分る時機か《ママ》来るとおもひます、さればあな様《ママ》なしには私の今後の芸術は成り立ちませぬ、もしあなた様と芸術とが両立しなくなれば私は喜んで芸術の方を捨て、しまひます

まず非常に類似していることに目を奪われるが、よく読めば明らかに二人に対する姿勢の違うことがわかる。

松子宛の手紙は丁寧体、それも「ございます」調で、「御仕へ申す」「存じ」という謙譲語、「遊ばし」「思召し」という高度の尊敬語が使われているが、丁未子宛にはそれがない。のみならず「です」

の丁寧体に「である」調、「だ」調が混在する。松子に対しては下から、丁未子に対しては上から相手を見ているという印象をぬぐいえない。それはそのまま松子にはお遊さまを、丁未子にはお静を、慎之助の視座に移して見ることができる。

次に、松子宛には、「あな様《ママ》といふものを伝へるため」に書くといい、「喜んで芸術の方を捨てゝしま」うと相手の松子を主体とするのに対し、丁未子宛には、「あなたの美に感化されたい」「私の中にあるいい素質を充分に引き出し、全的に働かしたい」「あなたの支配の下に立ちたい」「私に青春の活力と情熱を燃え上らして貰ひたい」と、相手の丁未子より谷崎自体を主体とする姿勢を明確に表明している。すでに『蘆刈』の構想がだいたいできていて、お静と慎之助の人間像を、丁未子との結婚によって「充分に」「全的に」造形したいと読める。

したがって松子宛にある「芸術」とは『蘆刈』のお遊さま、『盲目物語』のお市の方、『春琴抄』の春琴へとひろがって行くことが考えられるが、丁未子宛にある「芸術」とは『蘆刈』のお静以上には出ないのであって、慎之助の立場に自分をおいて『蘆刈』を早く完成させたいために、「あなたとの接触に依つて」「一日も早くあなたと一つ屋根の下に住めるやうになるのを待つ」と書いていると解釈できる。

それに対して松子宛には、「たとひ離れてをりましてもあなた様のことさへ思つてをりましたらそれで私には無限の創作力が湧いて参ります」と、お遊さま造形のためにはむしろ距離をおいて密かに恋慕している方がよい、と読むことができる。

それは後年松子が昭和五十九年（一九八四）発行の『蘆刈』自筆原稿複製本の栞の中で、「『蘆刈』は、私には最も身近になつかしく感じられながら、何か遠い夢幻の中に誘われてゆく感覚にはまりそうな作品で」「一日逢わねば千日の――と、清元〈三千歳〉の文句にあるような、互いにそんな切なさで明け暮れた時に書かれたもの」と書いているように、当時の谷崎には、「夢幻の中に誘われる感覚」「一日逢わねば千日の」「切なさ」こそが『蘆刈』制作上必要なのであって、決して丁未子のように現実に「接触」し、「一日も早く」「一つ屋根の下に住む」ことを望んではいないのである。

丁未子の場合、「あなたが来てくだされば後世に輝やくやうな作品を遺すことが出来る」といい、「功績と名誉」という俗的なものまで出しているが、松子の場合にはそれがない。つまりお遊さまとつながりを保つために慎之助がお静と家庭を持ったように、丁未子と家庭を持つことが『蘆刈』を書くためにはあなたが必要なのだ。さらにいえば松子宛のように芸術と両立しなければ芸術の方を「後世に輝やくやうな作品」にするか否かの鍵になるような書き方をしている。ということは『蘆刈』を捨てるとまでいうのでなく、あなたとは『蘆刈』を書くために結婚するのだと明言しているようなものではないか。

そもそも丁未子には、「最初あなたにお目にかかつた時は、あなたがそんなに性格までも美しい方だとは思はなかつた」といっているのに対し、松子の場合は、「一生あなた様に御仕へ申すことが出来ましたらたとひそのために身を亡ぼしてもそれか私《ママ》には無上の幸福でございます、はじめてお目にか丶りました日からぼんやりさう感じてをりました」とある。『蘆刈』の中でお遊さまとお静とは「お姫さまと腰元ほどのちがい」とある見方が、そのまま松子と丁未子の上にあてはめられるような書き方である。

ただここで丁未子にしかない特色として注目するのは、「私に青春の活力と情熱を燃え上らして貫ひたい」「此の十年来経験しなかつた盛んな情熱の燃え上りつつあるのを感じ」という言葉で、世人もこの谷崎の言葉を待つまでもなく、丁未子との再婚は谷崎が無垢でみずみずしい愛欲を求めたと解釈している。

現に高木治江も前掲の著書で、「そばに床を並べて邪気のない顔で寝ている丁未子さんの若鮎のようなピチピチとした肌に負けて、とうとう堅い自己の戒律をよう守り得ず、彼女の床ににじり寄ると、彼女も求められるままに幸福の感激に泣きぬれたまま処女の純潔を捧げたのは、鳥取から帰った翌朝の出来事である」と書いているし、高野山では白昼から情事にふけり、丁未子も谷崎とのさまを誇らしげに友達に語った、修業中の若い僧がのぞきに来たという。

が、このことだけに目を奪われ、谷崎の作品至上主義を見失ってはならない。

彼はすでに二十九歳の年、大正四年の短篇『創造』の中で書いている。

「いつか兄さんはこんな事を仰つしやつたでせう。恋と女と芸術とは自分に取つて全く一つのものだつて。芸術家の一番貴い仕事は人生を其のまゝ芸術に化する事だつて」

それに対して川端という男は、

「とても自分の人生を芸術化する事なんか出来ないとあきらめてしまつたんだ。それで自分の人生と、自分の芸術と云ふものを全く別々に取り扱はうと思つて居る。自分の実生活はどんなに卑しく醜くつても、自分の作る芸術だけは非常に貴く美しいものにしたいと思つて居る」

と語らせている。

丁未子との結婚は、まさにこの言葉を地で行ったというべきだろう。

四　誰彼なしのお静探し

丁未子との結婚の特色は、当時のマスコミの取材記事にもうかがうことができる。

谷崎が丁未子に婚意を告げ、求婚の手紙を出した直後の一月二十四日付の「大阪朝日新聞」では、谷崎は「まだ正式に決つてゐないから僕の口からいふことは避けたい。先方の親達に対する遠慮もあるから」と言い、「報知新聞」では「結婚しても佐藤が（春夫氏のこと）結婚式をあげるまでは披露せぬ積りだ、まあそれまでは秘書の形でゐてもらふつもりだ」と言い、「大阪毎日新聞」では、「私と

古川丁未子「われ朗らかに生きん」
（「婦人サロン」昭和6年3月号より）

してはまず弟子として私の家に引き取り、よく双方で理解をした上、結婚といふことにしたい」「弟子として引き取るといふことも、私が独身だし、世間ではまた何か変に考へるでせうが、これはやりたいと思つてゐる」と語っている。

それに対して丁未子は、「まだ結婚するといふ訳ではないのです」「果して正しい結婚生活が出来るかどうかは、当分同じ家に住んで練習をして見た上でないと判らないのです」と答え、「婦人画報」三月号では、「奥様見習として行くつもり」、「文学時代」同月号では「一生懸命修業するつもり」と答えている。ほか「婦人サロン」「婦人公論」「婦人世界」の三月号、「改造」の十二月号などでも、同様の記事を大きく採り上げている。

これらは谷崎の場合は佐藤春夫の手前同棲はするがすぐに式をあげられない言訳、丁未子の場合は父親とも師とも仰いで来た人から突然求婚された戸惑いと謙虚さと受け取られるものの、その後の破局から翻って考えれば、すでにそのことを谷崎はふくみをもって語り、丁未子も不安を抱かないわけでもないことを示唆しているととれる。

「文学時代」の婦人記者は、「谷崎氏の大きな掌の上にチョコンとのせられたお人形みたい」と率直な感想を述べ、さらに「谷崎氏のやうなパッショネェトな方は、これから先どんな風にそれてらつしやるか知れない——そんな風な漠然とした不安は少しでもお考へになつたことはおありになりませんか」と鋭い質問を投げかけている。

永栄啓伸『評伝　谷崎潤一郎』（和泉書院・平成九）によれば、「誰もふれていないエピソードだが、故小滝穆氏から伺った話に、昭和初年からよく使われた、馴染み深い、松の枝をあしらった手摺りの原稿用紙の図案は、丁未子が考案したという事実がある。もっとも、写真版などで検討する限り、『武州公秘話』と『春琴抄』では図案は異なっていて、一種類ではなさそうだから、どのデザインかは特定できないが、〈松〉の意味するところを察しながら、作成に携った丁未子の心痛は察するに余りある」といっている。

これなど谷崎は丁未子に無理失理お静の立場をとらせ、『蘆刈』の構想を生身に感じられるものとして、定着させようとしている意図がうかがえる。

遡って前述の質問と受け答え、――「秘書」「弟子」「練習」「奥様見習」「修業」などという言葉は、谷崎と松子の場合では絶対に口に出ないし、丁未子がもらした「正しい結婚が出来るかどうかは、当分同じ家に住んで練習をして見た上でないと」という言葉も、『蘆刈』のお静を描く試験台のように見られていることを、はからずも予知しているととれないこともない。

ところで谷崎は、昭和六十一年三月十五日の毎日新聞によれば、昭和五年八月細君譲渡事件を起す直前の二月から八月まで、かつて谷崎邸に女中奉公していた二十三歳も年下の当時二十歳の宮田絹枝に、求愛の手紙を七通も送っていたことが報ぜられている。

それには「今度御目にかかり、あなたの御声をきいて私も決心したい」とか、「幸ひ私も今朝日新聞に播州の事を書いてゐますので、此の間から時々（新聞小説の取材で）姫路へ行く用があります。五六日うちに又行きますからその節電報を差上げます故姫路駅まで来て下さいませんか」とか、「あなたの御老母様にも兄さんにもユックリ御目にかゝりたいと思ひます」とか、「正月以来の私の家庭の問題も、今月中にはきまりが付きさうですから、どうぞ何処へもいらつしやらず待つてゐて下さい」とか、真剣に結婚を考えている。しかし事件が発覚して八月、「おもひもかけぬ事がおこりました、私としてハいかにもお話しにくいので佐藤氏二人からきいてください」という手紙を最後にお流れになってしまった。

またこの頃谷崎は、突然旧友笹沼源之助の経営する東京偕楽園を訪ねて、そこの女中に求婚の働きかけをしている。あいにくめあての女性は結婚してやめていたので、これもお流れになった。

独り身になる谷崎は若い異性を求めて血迷ったともとれるが、谷崎の心中はそんな単純なものではあるまい。この二人の場合も、『蘆刈』の構想が漠然とであったにせよ念頭にあって、お静に擬するところがあったといえるのではないか。

これらの谷崎の思いは、その年の暮に書き上げた『吉野葛』で津村が、女中奉公から郷里に帰って来て手伝いをしているお和佐と結婚するという結末に、その夢を結実させたとも考えることができる。谷崎は『吉野葛』の最後をそういう明るい夢で筆を擱くと、今度はお和佐よりはお静により近い知的な若い女性古川丁未子との結婚へと現実に行動を開始しているのである。

しかしここでも、「婦人サロン」昭和六年三月号の岡十津雁「潤一郎氏とチョマ子」によれば、「松の内のある日、谷崎氏から私に、至急用事があるから来てほしいとのお手紙があつた。すぐ行くと、ある軍人の娘の身元を調べてくれとのことであつた。私は早速その土地にゐる友人に伝へることとして、谷崎氏に、曾てチョマ子が友達に（その人の名は云へない）『谷崎先生の秘書に使つていたゞけないかしら』と云つてゐたことを伝へた。数日たつて谷崎氏から、娘の方をある理由でことわつた、これから東京に行く、チョマ子にも会ふと云ふ意味の御手紙があつた」とあるから、それまで丁未子は谷崎から相当好遇を受けていたものの、谷崎の心中には揺れがあったことがうかがえる。

根津松子という年来の高嶺の花を掌中にするのが念願で、その夢がすぐ目の前にまで来ている。しかし根津清太郎は自分は浮気をしながら離婚届に印を捺そうとしない。下手をすれば北原白秋のように姦通罪に問われかねない恐れもある。それに今は借金が山積して折角建てた家も売りに出し、松子を妻としてまともに迎えることができない。

そういう現状があるにせよ、この時期の谷崎は、『春琴抄』の言葉を借りれば、「結婚を欲しなかつた理由は春琴よりも佐助の方にあつたと思はれる」という言葉があてはまるのではないか。

つまり『蘆刈』の構想が浮んでいた。丁未子への求婚の手紙は執拗に創作と結びつけて書いている。それは単に相手にヒロインの夢を与える谷崎の常套手段と看過してはならない。文字どおり、創作の手段としての求婚と解釈しなければならないのではないか。前述の谷崎の手紙の末尾に「此の十年来経験しなかつた盛んな情熱の燃え上りつつあるのを感じ」とあるのは、まさしく『蘆刈』の創作を念頭においていっているのではないか。

とすればこの場合、あえて松子とは垣根を隔てて垣間見る、憧憬するお遊さまとして置き、慎之助とお静とは真に愛しはせぬものの、同じあこがれを共有するものとして美しい夫婦愛を創造する、そういう誰も筆にしていない傑作の構想が形成されつつあるデーモンが、丁未子のみならずこのような若い女性たちへの、一見理性を失ったような血迷いをとらせたと考えるべきではないか。

あるいはさらにこうもいえるのではないか。松子にとって「一日逢わねば千日の……」という思いは、谷崎にとっても同様でないはずがない。長年仰ぎつづけ思慕しつづけ、堪えに堪えて来たあふれる思いが、今ふっと目の前に、手を伸ばせばふれうるまでになっている。谷崎はそれに堪えられなかったのではないか。ほっておいては松子に溺れる。自分自身に自信がなかったのではないか。そこで松子を距離をおいて静止させるために、間に古川丁未子を介在させた。そうすることによって松子への思いを堰き止めた。こう考えれば、谷崎が異常にほとんど誰彼なしに若い女を求め、結婚をあせった説明がつく。谷崎にとっては何はともあれ、松子をそこに押しとどめ、松子にお遊さまを仰ぐ思いで『蘆刈』に向いたかったのではないか。ドイツの詩人リルケは「恋しつつ恋の相手を立ち離れ、慄《ふる》える心に堪えおおす」と歌った。同様の思いが谷崎を駆り立て、「慄える心に堪えおお」しつつ全身全霊をもって『蘆刈』に没頭したかったといえるのではないか。

五　松子との密約

『蘆刈』の発想は、後年松子・重子をモデルにした『細雪』からも察せられるように、二人の姉妹愛から生まれたものと思われる。

その際、二つの作品が大きく脳裏を占めたと考えられる。

一つは『源氏物語』の「宇治十帖」の大君と中君二人の姉妹愛。姉の大君に薫はひかれるが、大君は容易に心を許さず妹の幸福を思って薫をめあわせようとする。しかし薫の心は変らない。その結果中君は匂宮のものになってしまう。薫は衰弱してゆく大君を看取りながら死によって愛を引裂かれてしまう。

もう一つは一九〇九年発表され、わが国でも大正十二年（一九二三年）に山内義雄訳が出て大変話題になったジィド『狭き門』のアリサとジュリエットの姉妹愛。アリサにジェロームはひかれるが、アリサは妹に譲ろうとする。が、姉思いのジュリエットはロベールと結婚して、二人が結婚できるようにお膳立てする。しかし二人は結ばれることなく終ってしまう。この場合はアリサが神に至る道はジェロームと二人並んで通れないほど狭い門だという信仰心が妨げる。

二作とも姉と恋人とは結ばれてはいない。

アリサとジェロームは互いに愛しあっているが、いわば神との三角関係で結婚できない。それに対して『蘆刈』は神の位置にお遊さまを置いて、妹のお静と慎之助との三角関係を構築したといえる。慎之助もお静もお遊さま信仰によって結ばれる。

この谷崎独特の発想は、しかし単に松子・重子の二人姉妹を遠くから見ているだけでは肉付けできなかった。そこで谷崎は「性格までも美しい」「あなたとの接触に依つて私は私の中にあるいい素質を充分に引き出し、全的に働か」せる丁未子を、重子と重ねて擬似三角関係を作り、慎之助を身をもって生きようとしたのである。

ところが、ここで大きな難関が介在する。

突然若い女性丁未子によって、谷崎との再婚の夢を打ちくだかれた根津松子の立場である。松子は谷崎に自分を裏切るのか、捨てるのかと詰め寄ってくるであろう。谷崎が自分はあくまで「崇拝する高貴な女性」聖母マリアのごとく松子を仰いでいたいのだといっても、彼女は納得するであろうか。夫に捨てられ零落してゆく一方で心痛の重なる松子は、悲嘆のあまり大君のように、さらにはアリサのように衰弱して死ぬかもしれない。少なくとも谷崎を信じなくなる。冷たくなる。そんなことになっては大変で、松子は強くつなぎとめておかなくてはならない。最終目標は彼女なのだとわかってもらわなくてはならない。

注目すべきことは、谷崎は松子に内証で丁未子と結婚したのではないのである。新聞に堂々と花嫁条件七ケ条を発表し、その中には、

三、なるべく素人であること。

四、二十五歳以下で、なるべく初婚であること。

など、松子が適応しないものを入れている。

ということは松子に対し前もっての了解があり、松子を失わぬ自信があり、絶えず密会し、特殊な密約がなければできないのでないか。その密約とはただ一つ、谷崎にとって古今絶無の傑作の腹案があって、それを完成させるためにはどうしても今一人若い女と結婚する必要があるのだという、作家独自の苦渋を告白しなければ、説得力が弱いのではないか。

瀬戸内寂聴は谷崎松子との対談でこんなことを聞いている。(3)

「谷崎先生は、お会いになったすぐから、奥様をお好きだったたんでしょう。それなのにどうして丁未子さんと結婚されたんでしょうね」それに対し松子は、「そこは私にも、はっきり言ってくれませんでした。でも、『少しでもそういう気持ちがあれば、どうしてあのときに、丁未子さんと結婚なさったんですか』と聞きましたときに、『どうしてもああしなければ、結婚できなかった』と、そういうことを言いました」「奥様と？　深慮遠謀ですね」と瀬戸内は返している。

「どうしてもああしなければ」「深慮遠謀」などの言葉に、右に述べた意味が含まれていないだろうか。「はっきり言ってくれ」なくて、二人の関係がゆるがないとは思えない。真実は？　さらにはこんなことも考えさせられる。

では松子は、結婚しても肉体関係は結ばないかと詰問してくるであろう。思う人が他の女と一つ屋根の下で暮らす、毎夜枕を共にすると思うだけで嫉妬に狂う、そのやるせなさを涙ながらに訴えるだろう。しかしそのうち愛する人が若い女によって青春を取りもどし、より偉大な芸術を生み出すためだと、彼を寛大に理解するようになれば、一段高いところから許しもできる心境になってくる。それが彼の芸術を理解し、彼に気に入られる態度ともなれば、耐えられもするだろう。『蘆刈』の男女の交りをもたない夫婦という発想は、一つはこういう松子の言葉によって触発されたものかもしれない。

あるいはまたすでに『蘆刈』に先立つ『吉野葛』の中で、「いづれ近いうちに、あの『御料人様』

と云ふ言葉にふさはしい上方風な嫁でも迎へて」と、作中人物津村を通して、暗に松子との結婚願望を匂わせている谷崎である。慎之助とお静を形だけの夫婦に設定することによって、丁未子との結婚も仮のものということを、作品を通して松子に表白する含みがあったといえるのではないか。

松子は前掲の稲沢秀夫『秘本谷崎潤一郎』によれば、谷崎が丁未子と結婚直後、佐藤春夫千代夫妻、妹尾夫妻、それに松子を加えての総勢七人と室生寺で泊った夜、丁未子にとっては新婚旅行といっていい夜、谷崎とひそかに暗闇の中で接吻したと告白している。

松子はそんな谷崎の心中をよむ心のゆとりがあったから、つまり作中劇を丁未子に演じさせている、そういう丁未子として甘受するよう谷崎によって理解させられたから、平然と丁未子の前にあらわれることができたと考えられる。

前掲九月二日の愛の告白につづく、十月七日の当時西青木《おうぎ》にいた松子宛の手紙など、この頃の一方ならぬ両者の感情のもつれを表白しているように思われる。

御主人様、どうぞ〳〵御願ひでございます御機嫌を御直し遊は《ママ》して下さいましゆうべは帰りましてからも気にかゝりまして又御写真のまへで御辞儀をしたり掌を合はせたりして、御腹立ちが癒へ《ママ》ますやうにと一生懸命で御祈りいたしました眠りましてからもぢつと御睨み遊ばした御顔つきが眼先にちらついて恐ろしうございました、ほんたうにゆうべこそ泣いてしまひました、取るに足らぬ私のやうなものでも可哀さうと思召して下さいまし何卒御慈悲でございますから御かんべん遊はして下さいまし、外のことは兎も角も私の心がぐらついてゐると仰つしやいましたことだけは思ひちがひを遊ばしていらつしやいます。それだけはどうぞ御了解遊ばして下さいまし、そして今度伺ひました節にはたつた一と言「許してやる」とだけ仰つしやつて下さいまし

先達《せんだつて》、泣いてみろと仰つしやいましたのに泣かなかつたのは私が悪うございました、東京者はあゝいふところが剛情でいけないのだといふことがよく分りました、今度からは泣けと仰つしゃいましたら泣きます、その外御なぐさみになりますことならどんな真似でもいたします、むかしは十何人もの腰元衆を使つていらしつた御方さま故、これからは私が腰元衆や御茶坊主や執事の代りを一人で勤めまして、御退屈遊ばさないやう、昔と同じやうに御暮らし遊ばすやうにいたします、御腹が癒えますまで思ふさま我がまゝを仰つしやって下さいまし、どんな難題でも御出し下さいまし、きつと〳〵御気に入りますやうに御奉公いたします、その代りどうぞ〳〵あの誤解だけは御改め遊ばして下さいまし、外のことならば我が儘を遊ばせば遊ばすだけ、私になさけをかけて下さるのだと思つて、有難涙がこぼれる程に存じます、ほんたうに我がまゝを仰つしやいます程、昔の御育ちがよく分つて来て、ます〳〵気高く御見えになります、かういふ御主人様にならたとひ御手討ちにあひましても本望でございます、恋愛といふよりは、もつと献身的な、云はゞ宗教的な感情に近い崇拝の念が起って参りますこんなことは今迄一度も経験したことがござ

いません、西洋の小説には男子の上に君臨する偉い女性が出て参りますが日本にあなた様のやうな御方がいらつしやらうとは思ひませんでした、もう〳〵私はあなた様のやうな御方に近づくことが出来ましたので、此の世に何もこれ以上の望みはございません、決して〳〵身分不相応な事は申しませぬ故一生私を御側において、御茶坊主のやうに思し召して御使ひ遊ばして下さいまし、御気に召しませぬ時はどんなにいぢめて下すつても結構でごさ《ママ》います、唯「もう用はないから暇を出す」と仰つしやられるのが恐ろしうございます、

「御機嫌を御直し」とか「御腹立ちが癒へますやうに」とか、「私の心がぐらついてゐる」「思ひちがひを遊ばして」「誤解だけは御改め」とかいう言葉の裏には、具体的に何かはわからないものの、谷崎と一つ屋根の下で生活している丁未子のことが介在しているのは想像に難くない。しかしまた谷崎はこういう手紙を書くことによって、慎之助の心境をおのれの中から触発させ、作品に定着させようとしたと考えられる。

しかし一カ月後の十一月八日付では、大分事情が違うことがうかがえる次のような手紙を書いている。

いっぺんに御寒くなりましたが御寮人様には如何御くらし遊ばしていらつしやいますか、先夜丁

未子が御目にか丶りました由をき丶ましたので
御寮人様もこいさまも御元気で御いで遊ばすこと丶存じ少からず安心いたしました御家庭内にあまり御苦労がたえませぬ故外で愉快に遊んでいらつしやる御様子をき丶ますとまあよかつたと思ふのでございます
目下私は先月号よりのつゞきの改造の小説「蘆刈」といふものを書いてをりますがこれは筋は全くちがひますけれども女主人公の人柄は勿体なうごさ《ママ》いますが御寮人様のやうな御方を頭に入れて書いてゐるのでござります（略）
私は今後少しにても　御寮人様にちなんだことより外何も書けなくなつてしまひさうでございます、しかし　御寮人様の御ことならば一生書いても書き丶れないほどでござりまして今迄とはちがつた力が加はつて参り不思議にも筆が進むのでござります、全く此の頃のやうに仕事が出来ますのも　御寮人様の御蔭とぞんじ伏し拝んでをります、いづれ時機がまゐりましたらば自分の何年以後の作品には悉く御寮人様のいきがか丶つてゐるのだといふことを世間に発表してやらうと存じます、
あ丶こんなことを書いてをりますと限りがございませぬ、御目にか丶りたくてなりませぬがそれでも　御寮人様を思つて書いてをりますのでいくらか慰められて居ります、

この手紙では「先夜丁未子が御目にかゝりました由をきゝましたので」というところ、どういう用件で二人が会い、何を話したか、丁未子の心境はどのようであったか、そのために谷崎がわざわざ手紙を出すとはどういうことか、いろいろ忖度されるところであるが、ともあれ『蘆刈』も完成間近に来て、同じ屋根の下で暮らす丁未子の座はもはやなくなった感がする。事実これから間もなく丁未子は別居させられ、谷崎はいつ松子を迎えてもよいように家の中を整えるのである。

六　松子・丁未子へ負を清算

この辺の事情について『倚松庵の夢』の中には、次のような谷崎の手紙の紹介がある。

創作家に普通の結婚生活は無理であることを発見したのでござります　私もC子T子と二度の結婚に失敗してその体験を得ました　　中略

その原因は、芸術家は絶えず自分の憧憬する、自分より遥に上にある女性を夢見てゐるものでござりますのに、細君にしますと、大概な女性は箔が剥げ良人以下の平凡な女になつてしまひますので、いつか又他に新しき女性を求めるやうになるのでござります

しかし斯の如きことを繰り返してゐましては精神的物質的に打撃も大きくとても落ち着いて大きな仕事をすることは出来ませぬ、故に独身生活を送るか、然らざれば一生身命を捧げて奉仕致す

に足るやうな貴き方を得て、その御方の支配に任せ、法律上は夫婦でも実際は主従の関係を結ぶことだと考へて居ります、私は、昔より御寮人様を崇拝して居りましたけれども唯の一度も自分を対等に考へたことはございません、考へられないのでございます　中略
世間は唯私の作品をさへ見てくれゝばよいのであります、それが立派なものなら、私と云ふ個人に用はない訳であります
斯くの如きは古今東西の芸術家に例のないことでござりませうが芸術家に貴ぶべきは独自の体験でありますます以上、立派なものさへ書けましたらこれも亦一つの形式として許して貰へると存ます、既に昨年以来私の書く物に人々が驚異して居りますのは何よりもこれが良き方法であることを証拠立て、居ります　後略

「私と云ふ個人に用はない」というのは、いかように実生活を批判されようと弁解はしない、意に介しないということであろうし、「一つの形式として許して貰へる」というのも、敷衍すれば丁未子との結婚と離婚も同様に立派なものを書く「独自の体験」として、芸術の神を信奉するゆえのいわば捧げものとして、理解してほしいとよめる。少し時間を逆もどしすれば、丁未子と一つ屋根に住むことを松子に理解してほしいとも、お遊さまを造形する松子との密会を丁未子に理解してほしいともよめる。前掲の『創造』の言葉を実践で裏づけた信念がうかがえる。

晩年も松子に「自分は作品の中に持って来る女性には相当近づかないと書けない」(『倚松庵の夢』)といっているのである。お静のモデルとは、結婚しなければ書けなかったということになる。

丁未子をかくまで芸術的に利用したとは怪しからぬという世上の批判もあろうが、谷崎の場合はこういう形にまでして、完璧な『蘆刈』を書きたかった。『春琴抄』の場合も同様であった。そう思えば、名作を完成するに至る作家の並の人間では到底うかがい知ることのできぬ至難、一徹、怖いような業の深さに改めて想到させられる。

さらに同書では、「作品毎の手紙も蔵しているが、万一誤認されることがあると亡き主人を冒瀆する怖れもあって差し控える」とあるから、公開されている手紙はごく一部、「作品毎の手紙」には『蘆刈』制作上、指摘したような丁未子とのかかわりにふれたものがあることを暗にほのめかしているとよめる。あるいは手紙に書くと証拠が残るので、二人の会話の中だけに秘めておかれたかもしれない。

しかし手紙にすることによって谷崎は松子の意中をとらえ、確かなものにし、翻っては制作上の決意にもした節がうかがえるので、書面で『蘆刈』の男の視座に立って、堂々と表明しているということも考えられる。けれども松子は自分や谷崎にとって、都合の悪いものは焼却してしまったとも考えられる。

また谷崎のこんな丁未子に対する苦悩も伝えている。

再婚をしたばかりの夫人に即刻真実を話さなければならない。自分は相手を偽って日をおくることは断じて出来ない。私は同時に二人の女性を愛す《ママ》ようなことは出来得ない。若い時から、女性の遍歴もあるにはあるが、世間から考えられているほどのことはなく、二人の女性を操るようなことはしなかった。とみるも痛ましい懊悩の日が続いた。きょうこそはと思い〳〵しながらあまりにも信じきっている夫人に口を切る辛さはたとえようもなかったであろう。激しい中にも、暖かさ、心弱さも持っていた人だけに、今から思うと当時の切ない心情が心の底までじり〳〵と差し込んで来る。其の後、間もなく口火がきられた。非常に知性の高い女性であったので分りがよく、貴方の幸福の為に別れましょう、と云ってくれたと涙ながらに話し、力の及ぶ限り夫人を仕合せにしなければならない、そうでなければ我々も仕合せになれないし、又我々の幸福に影のさすようなことがあってはならぬと戒め、離婚後の生活にも心を砕いた。幸いにして円満な結婚生活に這入られたので、後に此の夫人のことは、名前も書かぬように心を遣っていた。

　松子側の証言で多分に美化した表現ととらねばならないが、注意することは、一つは「再婚したばかりの夫人に」というところで、谷崎は当初から松子の存在に大きく揺れながら、目の前の純な若い丁未子との愛に溺れる葛藤を深く強く味わったことがうかがえる。そのために松子を近くに思いながらもかえって遠くにおいて偶像化し、「その人の身のまわりにだけ霞がたなびいてゐるやう」な「蘭《らう》たけた」お遊さまの感じを、より気高く結晶させたのではないか。また松子に対する贖罪の念から、肉体の契りをしない慎之助とお静の夫婦関係をも考え出したのではなかろうか。

谷崎は小学校時代、稲葉清吉先生の影響で儒学や仏書や哲学書をかなり読み、『晩春日記』には母の臨終に間に合わなかった罪の意識に悩み、『不幸な母の話』では、漂流する海上で妻を救わんとして母を突き落そうとし、自責の念に駆られる罪の問題を扱っている。

それだけに松子には、お静と慎之助が一緒になって夫婦生活を営んでくれるよう願うお遊さまの女性像にまで、丁未子には、慎之助と夫婦になりながらも貞操を守るというお遊さま思いのお静の女性像にまで、二人の女性像を昇華させることによって、自分の中の松子・丁未子双方に対する負の思いを救済し、精算しようとしたのではなかったか。

さらにいえば丁未子との結婚は、慎之助とお静夫婦がともにお遊さまを慕い奉ったように、ただただ松子を慕い奉るものだということを、松子に知ってもらいたかった。それで谷崎は松子をお遊さまに理想化し、松子に対する愛の告白の書として書いた。と同時に、丁未子をお静に理想化することによって、さらには慎之助は結局お静と契りを結ぶが、お静と若くして死別すると書くことによって、少なくとも谷崎の心中では、丁未子に対する美しい訣別の書という思いを秘めたのではなかったか。

七　「童女」「天使」の丁未子

ここで、始めの方で書いた「『蘆刈』も丁未子との結婚中に書かれていることに注目して、その生活にこもるものが作品に表出していると見る」「お静も丁未子の理想化したものとして受取らねばならない」と書いたことについてふれる。

高木治江は前掲『谷崎家の思い出』で、丁未子を高野山に訪ねて行った折のことを次のように書いている。

「まあ、よく来て下さったねえ。この広いお寺に一人ぼっちじゃどうしょうかと思っていたの。嬉しいわ」

と童女のように手を打ってよろこんだ。

「先生は何か御用で大阪へ？」

「ええ、根津さんの家の方がうまくいかなくってね。松子さんが悲しい悲しい手紙を度々寄越すものだから、私が一度会って聞いてあげてちょうだいとすすめたのよ」

「大丈夫なの？　あなたは相変らずコスモポリタンなんだなァ。あの松子さんという方ね、女学校で三筆とニックネームをとった程の能書家だそうだけれど、ああいう人だし、どうしてあなたも一緒に行かなかったの」

「大丈夫よ。私、谷崎を信じているもの。それに君には関係のないことだから、山でゆっくり静養していなさい。淋しいからあなたを呼んでは、とすすめてくれたのよ」

治江は悪い予感がして、「立派な家を手放さねばならない人同士が、それも男と女が対等で相談や世話話じゃなくて、べったりすがりっぱなし、すがられっぱなしだってあるじゃない。飲めない同士じゃなし、時には盃を交して慰め合おうということだってあり得るじゃない。あなたは人を疑うことの出来ない人だから、率直に言って、疑うことを知らない人なんだから、全くピューリタンよね」と注意したのに対し、丁未子は「いやな想像しないでよ。あなたは想像が逞し過ぎるわよ。人の難儀に力を貸そうとしている夫を勘ぐったり、嫉妬《やい》たりするような厭な女房にはなりたくないのよ」と答えている。

治江はその後「父親に手を曳かれて食堂へ連れていってもらう娘のように嬉々としてついてゆく天使のようなこの妻を嘆かすことのないようにと、巡り歩く寺々で私は合掌した」と書き、十一月に入って根津家の離れ座敷に住ませてもらうことになって、「彼女は例の調子でなんの疑いもなく、すんなりと居を移し、嬉し涙をたたえて私に松子夫人への感謝の気持ちを伝えた」と結んでいる。

ここに丁未子の「人を疑うことを知らない」「谷崎を信じている」「童女」や「天使」のような女性

であることがよく表れている。普通では考えられないような純な心の持主であることは、彼女の墓誌に「家庭ヲ美術ヲ友人ヲ愛シ一木一草ノ末ニ至ルマデ生キトシ生ケルモノ総テヲ愛シタル人此処ニ睡ル」と記されていることでもうかがえる。

読者は『蘆刈』でひたすら姉を思い、夫を思うお静という女の心情のきれいすぎることに心打たれるが、これはこの丁未子という谷崎が共に生活した女性から深く胸に感得した思いが表白されているといえるのではないか。

丁未子はまた当初の高野山での幸福な生活を、妹尾健太郎夫人喜美子宛にこまめに手紙に書いている。妹尾喜美子は谷崎と丁未子の結婚に賛成する治江に対し、世故にたけた大人の眼から強く反対意見を述べた人である。しかし谷崎のことに何かと心を砕き世話をやき、谷崎も何かと彼女に手紙を送って山中でのままならぬ用件を頼んでいる。丁未子も姉とも先輩とも慕って、谷崎との性生活の模様まで、暗号めいた用語を使って知らせている。

例えば、「何分ひろい家にたつた二人きりですから丁未子ハ『ピコン』以外に何の仕事もなく」とか、「小僧の神出鬼没は決してピーに邪魔になるといふのではありません、聖山のこと故、まことに清浄無垢な心をもつてVATや百フランなどのことは思ひ起しだにしないで居ります、あくびの出るのはつまり（こゝの所一行半削除）龍泉院の和尚が毎日一度は尋ねて下さいます、六十三才ですが奥さんは三十七です、私共の好敵手です」とか。

秦恒平『神と玩具との間・昭和初年の谷崎潤一郎』（六興出版・昭和五二）での解説によれば、「ピコン」は当時好事家に受けていた一種の催淫剤で、「ピー」だの「VAT」だの「百フラン」だの「聖山」だの「好敵手」だの、みな新婚者らしいセクシイで女らしい内緒ばなしかつは猥談じみた口調であり、「(こゝの所一行半削除)」など思わず読んでいてにやりとしてしまう、と書いている。

しかしこれだけ谷崎を信じ切っていた丁未子が、松子の正体を知ったあとの怨恨、後悔、罵倒はすさまじく、以後身柄を妹尾夫妻にあずけられた関係から、郷里の鳥取の実家に帰って夫妻に送られた手紙の数々には胸がふさがる思いがする。

例えば昭和九年六月五日付では、次のような一節がある。

私は一旦おやぢさんのために何も彼も投げ棄てたものでございますしおやぢさんをよくするためには自分を亡ぼしてもいゝと覚悟してゐましたのに不覚にも時々周囲になやまされて切角の心境をくもらせ病んでしまひましたけど今後はおかげさまにてこんなに淡々たる位置にゐることが出来るやうになつたのでございますから本当におやぢのために生きてゆけるやうにたすけて下さいませ真実私の心の中を割りますと多勢の悪魔どもも棲んで居りますから私のまけずぎらひや傲慢や自尊心がおやぢをうらませ　にくませさげすませることはひどいもので心をたけり狂はせもしますがもう一方にそれをすつかり超越して立派な人物を送りだすためにそれだけになる資格のな

いものはそのえんの下の力もちになつてその人物のためにつくすのが生きる立派な目的だと思はせる心があります私は別に生きてゐたいと云ふ望みはありませんが生れてきてそれだけのおみやげを現世にのこさずしてたゞ酔生夢死は堪えられませんから自分の心がまんぞくして死ねるだけのことはしてをきたいものと思ひます

この前後には松子を狸と称して、「おやぢ気のどくでなりませんわあの狸でもほんとにもう少し人間らしいならばどんなにせめてもおやぢを祝福してやれませうに　結局おやぢは神聖なる女性を感得せずして終るのではありますまいか」「ですから私は狸だつてよくなれる見込があればどんなにい、かしらと思つてをりますのよ私の対象は狸ではなく潤一郎なのですから潤一郎が幸福になりますれば狸だつてお化だつてい、と思ひます」とあり、金銭問題では、五月一日付で、

どうも勿論家には引取るわけにはゆかぬが以前位家に金があれバお前にもこんな恥多い思ひをさせなくても思ひ切り啖可《ママ》を切つて別れてやれるのにと母がふんがいしてゐましたやつぱりお金なんか貰ひたくないいくやしい気もちで一杯なのでせうしかし考へやうでお金出させたつて出させさせてやると思へば平気なものですが何だか私の気性も恥を感じすぎる方なのかくやしいとも思ひます

また六月十二日付静養に行った三朝油屋旅館からでは、

お金なんかもらひたくない気もちがまだまだ心の底でもやくして居ります潤一郎さんはどうしてもやりたくてやらずには居られなくて呉れてるものなら私も喜んですみませんと云ひ乍らもらひませうけどあの様子では　をしくてたまらないのにと思へましてそうすると私のしてゐることが何か汚らはしいことのやうに思へてなさけなくなつてしまひますのよ　お金がなくつちや生きてゆけぬ世の中とは知りつゝも金やつてるのだから何してもいゝといふ態度がいやらしくてくなりません

とあり、滞りがちな谷崎からの送金に、「まことに申しつらいのですがもう七十円お送り下さいませんか」と妹尾キミに前借りを頼んでいる。

これらの手紙を紹介している秦恒平の前掲の著書『神と玩具との間』によれば、昭和九年には三十三通、「昭和十年に及んでなお五通が残され、その七月二十九日づけ、すでに東京で再就職し、茗荷谷ハウスに傷心を抱いて貧しく暮したらしい近況を妹尾夫婦に報じたものが最後の一通になっている」とあって、「むろん谷崎を弁護し、臭い物に蓋をしようとは毛頭考えない。それも谷崎、これも谷崎で、事情はいかにあれ、丁未子が愬《うった》えたり詰ったりしていることを谷崎はしていた。それらの手紙から、せめてそんな谷崎にも触れる部分を抜萃してみることは許されていいだろう」と結んでいるのである。

また丁未子が「妹尾夫人を最後まで味方につけることで谷崎の意を再び迎えるに脈ありと見ていたらしいこと、挙げた手紙の端々によく窺える」といっている。

丁未子は離婚するときも、当初の約束どおり籍が入っていなかったので籍を入れることを谷崎に要求しているが、それはそのことによってなお望みをつなぎ、また離婚後も再び岡本の家に帰れないかと未練を抱いていたこともうかがえて心が痛む。万一丁未子に自殺でもされれば一大事で、谷崎文学にも一大汚点がついたことであろう。

しかし丁未子という人は、字体は松子と正反対でむしろ谷崎に近いし、絵も作者は男性かと思われるような線の太い肉太の女性の裸体画を描いているから、思いの外芯が強く、したがって周囲の者がよくまあとささやいたというほど、普通なら躊躇する元の職場に舞い戻って、鷲尾洋三という人と再婚している。松子の言によれば、この人はもともと丁未子が好きで、谷崎ファンでもあったから、谷崎からの申し出に丁未子をあきらめ、彼女が傷ついて帰って来るとあたたかく迎え入れたというのだが、もしほんとうにそうであればよほどできた人、丁未子もそれだけ魅力のある人であったことがうかがえる。

なお彼女の夫になった鷲尾洋三という人は、時代小説も書いていて、のち出版局長、総務局長を経て専務取締役にまでなっている。『回想の作家たち』（青蛙房・昭和四五）という本も書いている。そのあとがきで「病院で死んだ妻の終焉とその生涯は、気持の整理がつき次第、書いておきたいとは思っている」といっているが、その後の『忘れえぬ人々』（青蛙房・昭和四七）でも別のところでも書かれたと聞いていない。昭和四十五年に上梓した丁未子自身の遺稿『アメリカの旅』（中央公論事業出版・昭和三五）にも、谷崎のことはふれていない。

丁未子は谷崎に捨てられた当時、言い分は山ほどあって、友達と酒をあふって荒れたというらしいから、いろいろ書こうと思えば書けたと思う。彼女は昭和四十四年六十歳で亡くなっているから、四十二年に出版された松子の『倚松庵の夢』を読んでいないはずはない。それは違うと、彼女の側から書きたい衝動に駆られたであろう。しかし谷崎とのことは、いい思い出を大切にするためにも、忘れたいことは切り捨てて思い出したくもなかったのであろう。

丁未子はくり返し『蘆刈』を読んだに違いない。そのうち、世間で松子の妹重子をモデルにしていると思われているお静の中に、自分が擬せられていることに気づかされたのではなかろうか。殊に「お姫さまと腰元ほどのちがひ」と書かれていること、創作の道具と見られていたことに最初は腹を立てたろうが、一方で「その神のやうなこころを聞いては礼をのべることばもない」とあるお静の純な心情には、谷崎を信じきっていたかつての自分が美化して書かれていること、さらにはあくまで憶測ではあるが、作中「もうよいといふまで息をこらへてゐて」「さう顔を見んとおいてほしい」「わたしはねむつてもあんさんはねむつたらあかん、ねむくなつたらわたしの寝顔をながめてしんぼうして」などの寝物語の痴戯ともいえるものには、松子が『春琴抄』で演じたような高度の「芝居気」でもないから、その一つくらいにはかつての谷崎と自分との情事の思い出を見出して、自分が確かに形をかえて、芸術として永遠化されていることに、前述の手紙にあった「立派な人物を送りだすためにそれだけになる資格のないものはそのえんの下の力もちになつてその人物のためにつくす」「すつかり超越」した心境にもなったのではあるまいか。

谷崎初期の代表作『刺青』の言葉を借りれば、残酷な言い方かもしれないが、丁未子は『蘆刈』という名作を花咲かすための「肥料」であり、「足下に累々と斃れて居る多くの男たちの屍骸」であったともいうことができるであろう。

松子は『倚松庵の夢』『湘竹居追想』また死後まとめられた『蘆辺の夢』の諸文章などで、積極的に、ある意味で先手を打って自己の思いを表明し方向づけ、谷崎とのイメージを定着しようとした。それとは対照的に、一切沈黙を守りつづけた丁未子の存在は、もっと再考されてもよいのではなかろうか。「我といふ人の心はたゞひとりわれより外に知る人ハなし」と詠んだ谷崎の心のうちを、ここでも想起する必要があるのではなかろうか。

『蘆刈』『春琴抄』はともに松子への「愛の書」であると同時に、『蘆刈』はお静と目される重子とかさね合わせた丁未子への、また別の意味での「愛の書」とも読めるのではないか。

八　双方メッセージ

最後に、前述の『蘆刈』三説に対する私見を述べる。

まず題詞の歌がある『大和物語』の「あしかり」にあわせて考えれば、前掲のような構図が成り立つのであるが、すぐ気のつく事実関係の齟齬より、問題はこの見方が、谷崎潤一郎が中心人物でなくなり、谷崎がこの作品をおのれの核にすえて、根津夫人松子に対する「愛の書」とするものではなくなってしまうことである。

では谷崎が「あしかり」の歌を題詞にもって来たのはなぜか。そこにこめたものは何か。

それは谷崎は根津夫人松子に対し、あなたと一つ屋根に暮らせないのはつらいのです。わたしは今は不本意にも丁未子を妻としてはいますが、「あしかり」の男のように、常にあなたを仰ぎ見ているのでございます、というような思いをこめていると見るべきではないか。

次に、慎之助の子供は実はお遊さまの子であって、『蘆刈』は母恋物とする見方であるが、それならなぜ彼は、「左様でございます、でございますからおしづは私の母、お遊さんは伯母になるわけでございます」といい、重ねて最後に、「左様々々、その母と申しますのはおしづのことでございましてわたくしはおしづの生んだ子なのでございます」と、二度もおしづの子であることを強調しているのであろうか。

ところが彼がお静の子とすれば、父がほんとうに愛していたのは伯母のお遊さんであってお前の母ではないと、言わでものことを父は子に告白することになり、子はそれを聞いて、自分は愛されぬ母との間に生まれたのかと衝撃を受け、冷静でいられぬはずであるのに、父に憎しみや恨みを抱くことなく、父と思いを一つにして、父なき後も伯母のお遊さまの舞い姿を見に行こうとしている。これまた大きい疑問に想到する。

では翻ってもう一つの、一般的に考えられる「結ばれ得ない相愛が結ばれないままに美しく貫かれた」純愛譚ととるかということであるが、谷崎は『春琴抄』と同様、『蘆刈』の場合も、作品上で辻褄を合わせようとしても辻褄が合うようには書いていない、どれか一つに決めようとしても決められるようには書いていない、多義性のある書き方をしているのである。

殊にこの作品の場合は、男は「たゞそよ〳〵と風が草の葉をわたるばかりで汀にいちめんに生えてゐたあしも見えずそのをとこの影もいつのまにか月のひかりに溶け入るやうにきえてしまつた」のであるから、現実のものではない、亡霊とも幻とも考えていいわけで、実生活に還元していえば、男は谷崎の根津夫人松子に寄せる思いを具象化した魂のようなもの、と考えるべきではないか。

さて、ここで実生活上の件の古川丁未子の存在を考えなくてはおけなくなる。

すなわち男が自分はお静の子であると強調するのは、谷崎がいかにも自分はお遊さまに対するお静のように古川丁未子と夫婦になっています。したがって彼女との間に男女の情があり、肉体関係があることも否定しない、その結果生まれた子として形象化したのだと、わるびれず表明していると解釈すべきでないか。

しかし古川丁未子とのことは、つまりはお静とのようにうわべだけのことで、ほんとうに愛しているのは、お遊さまに形象化した根津夫人松子、あなたなのですという思いを、父が、「このざんぐりしたしぼの上からをんなのからだに触れるときに肌のやはらかさがかへつてかんじられるのだ」「お遊さんといふ人は手足がきやしやにうまれついてゐたが此の重いちりめんを着るとひとしほきやしやなことがわかつたといひまして今度は自分がそのじゆばんを両手で持ちあげてみて、あゝあのからだがよく此の目方に堪へられたものだといひながらあたかもその人を抱きかゝへてゞもゐるやうに頰をすりよせるのでござりました」と告白する場面で、お遊さまと肉体関係があったように、したがって男はお遊さまの子であるかのように書くことによって、表明していると解釈すべきでないか。

つまり谷崎は、根津夫人松子に、自分はなるほどお静とのように古川丁未子と一つ家の下にいる、しかしほんとうはお遊さまと目するあなたと夫婦になることを願っているのです、そしてその愛の結晶といっていい男の回想するように、慎之助を通してお遊さま、すなわち松子御寮人あなたをお慕いするのですという思いを、作品に託していると見るべきである。

冒頭私は、谷崎が『蘆刈』を書くために古川丁未子と結婚したという説を立て、以下それを論証して来たが、以上の考察から少なくとも『蘆刈』制作上、谷崎には古川丁未子の存在は脳裏から離れなかった、したがって彼女をお静という女性に造形し、お静によってお遊さまを引き立て、お遊さまのように根津夫人松子を見る目を確立した、ということはいえるだろう。

しかし一方で谷崎が、作中の身の上話を語る男に、重ねて「わたくしはおしづの生んだ子」と言わしめている裏には、おしづに昇華した古川丁未子に対する愛情と、さらには「『蘆刈』は丁未子の生んだ作品」という思いをも、ひそかにこめているといえるのではないか。

通常世間ではお静は松子のすぐ下の妹の重子をモデルと考えられているが、重子と丁未子とはともに明治四十年の未歳生まれ、そんなことも谷崎にとっては、お静という女性を造形する上に、重層的な幅と陰翳をつけることができたのではないか。『蘆刈』は重子と重ねあわせた丁未子に対する「愛の書」とも読めるのではないか。

ともあれ、この一文を草したのは、『蘆刈』制作の影に、今まで全く指摘されることなく看過されて来た丁未子の存在を、もっと注目してもらいたいためで、谷崎が彼女宛書簡に書いているように、『蘆刈』という「後世に輝やくやうな作品」「その功績と名誉とは、私のものでなく、あなたのものです」とある言葉どおり、『蘆刈』の中にある丁未子の存在を、もっと重く受け止めねばならないと思うからである。

さらに付言すれば、谷崎は四年後の昭和十一年、『猫と庄造と二人のをんな』を書いている。これが発表されたとき人々は、品子に丁未子を、庄造に谷崎を、福子に松子をおいて考えた。もちろんパロディ化したもので、それぞれがモデルと単純にあてはめてはいけないが、そうとられて自然なような設定である。少なくともその三角関係から想起された作品であることに間違いない。

この場合、猫を庄造のもとから手許に引寄せ、それによって庄造との捩りをもどそうとする品子の家を、庄造と福子の住む旧国道の芦屋の下手に対し、上手の阪急六甲に位置づけ、庄造が坂をのぼって行くように設定していることに注意すべきである。これは『卍』において、主人公徳光光子の家を芦屋の上手に、光子を思慕する語り手の柿沼園子の家は海に近い下手の香櫨園に設定した、その光子の位置に品子が置かれていると考えてよい。

それそもこの作品では、品子には優しく、福子には冷たく描かれていることから、品子に丁未子を、福子に松子をあてはめることに疑義を抱く意見もあるが、むしろそのことにおいて間接的に、冷たく袖にされたと怨恨を抱いている丁未子に対する谷崎の労りの思いを、秘めているととれるのではないか。「源氏に起き源氏に寝る」と自称し、源氏の現代語訳に没頭していた時期に、突然この作品を発表したことからも、それはいえることではないか。ちょうど『蓼喰ふ虫』において、要と美佐子の冷え切った夫婦関係を描くことによって、間接的に佐藤春夫に谷崎自身の実生活を暗示し、細君譲渡への思いを託したように。

『蘆刈』を丁未子への「愛の書」とも読めるのではないかという私見は、『蘆刈』の中に潜在的にこめられたものが、『猫と庄造と二人のをんな』において顕在化したと考えられることからも、翻っていえることではなかろうか。

〈注〉

（1）谷崎潤一郎は『蘆刈』の出版に際して、昭和八年四月自筆豪華限定版を出している。これは他に例のないことであって、この一事を見ても『蘆刈』に対する谷崎の思いが特別であることがうかがえる。

（2）西口孝四郎「谷崎潤一郎が妻丁未子にあてた三通の手紙」（「中央公論文芸特集」平6・秋季号）

（3）対談「愛と芸術の軌跡　文豪と一つ屋根の下」・瀬戸内寂聴『つれなかりせばなかなかに』（中央公論社・平9）

『蘆刈』新説

一　お静重視説

谷崎潤一郎の『蘆刈』については、今までのところ三つの説が出ている。まずその三説について概略を説明し、次に第四説としての私見を詳述したいと思う。

(一)、男は慎之助の亡霊であり、「結ばれ得ない相愛が、結ばれないままに美しく貫かれた相愛の図」ととる河野多恵子説。(1)

(二)、男は慎之助とお遊さまとの不義の子で、母恋いを主題とする秦恒平説。(2)

(三)、『大和物語』の歌「君なくてあしかりけりと思ふにもいと、難波のうらはすみうき」の題詞に即して古典「あしかり」にあてはめると、「男」は慎之助、「女」はお遊さま、「ある人」は伏見の造り酒屋の旦那宮津をあてはめて、「失った愛人(或は妻)への思慕を扱うコキュ小説」とする福田和也説。(3)

これを実生活にあてはめてみると、

(一)、芥川龍之介が来阪の折、訪ねて来た根津松子を、たまたま居合せた谷崎が一目ぼれしたが、相手は船場きっての大店《おおだな》根津商店の御寮人、高嶺の花として仰ぐほかない谷崎の「根津夫人松子との障碍多き恋」を描いたと解釈する。

(二)、男がお静の子であれば、自分は父がほんとうに愛してなかった母の子ということになり、母をおいて父が好きだった伯母、母でもないお遊さまをどうして父と一緒に訪ねて行くのか。「『男』をただお遊様の甥とすれば、あまりに父の態度は不可解、というより不自然に過ぎる」したがってこれは谷崎の母恋い物の一つとして考えるべきである。とすれば、「『子』はさながら自身『父』になったかのような実意と情感を籠めて慎之助のすべてを語る。後ジテ慎之助と前ジテ『男』とが、『父』と『子』が分れてあるのではなく、〝物語る〟という行為の中で二人は相求めて一体に、『父』は『子』に、『子』は『父』に、なり切っている。そして一人のお遊様を恋慕愛欲している」ということになる。

(三)、お遊さまが根津松子であることに変りないが、慎之助はもと夫であった根津清太郎、お遊さまを娶った宮津は根津松子と結婚することを果したとする谷崎潤一郎、——まだ結婚はしていないので願望が実現したことになる。したがって「『蘆刈』は、間男が寝取られた者の視線をも奪う小説」で、「谷崎は自ら人妻を奪いながら、奪われた者の距離感をも同時に楽しむという錯綜した欲望を、この作品に反映させている」ことになる。

けれども右の三説において共通していえることは、お静に該当する人物を明確に打ち出していないことである。ただし同じく秦恒平『蘆刈』論では、「もし松子夫人を「お遊様」に当てていたことを本気で重く視るなら、夫人の「実の妹」即ち『細雪』の「雪子」としてのちに登場する森田重子にももっと文学的な注意を向けた方がいい。」「事実はいかにあれ、妹と夫が相援けてお遊さまに傅《かしず》いたのと相似た気味が、松子夫人を劬《いたわ》る谷崎と重子さんとの心情の中にもありえただろう、（略）光のかげのような眼に見えない重子さんの存在が、谷崎文学大団円に至るまで意味を喪わないだろう、ということを私は大事に考えたい」といっている。

『蘆刈』谷崎文学碑
石清水八幡宮見晴台

たしかに『蘆刈』を書く時点で、人妻松子に対してまだ独り身の妹の重子は、谷崎の中で、お遊さまを光とすれば影としてのお静に想定されることであろう。

右の三説を図示すれば次のようになるが、重子は特に存在を主張されていない。

(一)、第一説は、三角形の頂点にお遊さまを置き、底辺の左右に慎之助とお静を配した三角関係が考えられる。そして男は文中ではお静の子だといっているが、実は慎之助の亡霊ということになるからそれは消えて、慎之助の括弧書きということになる。その上で慎之助には谷崎を、お静には特にふれられていないが、考えられることとして重子を記しておく。

図1

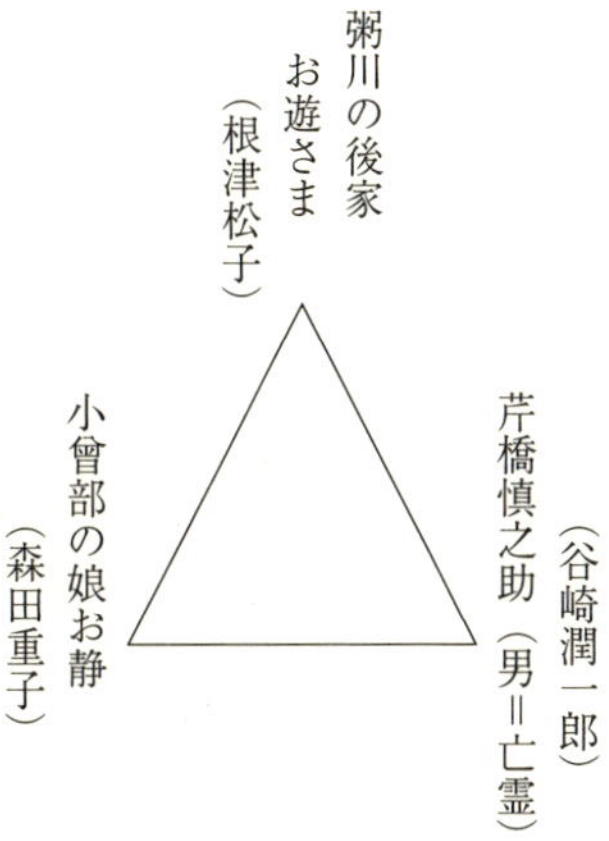

(二)、第二説を図示すれば三角関係でなく縦の線になって、お静に重子を考えることは本筋からそれた形になって、記すまでもないことになる。

図2

（谷崎の母）——（谷崎の父）＝（谷崎潤一郎）
お遊さま　　　　慎之助　　　　男

(三)、第三説を図示すれば、お遊さまを思う慎之助は谷崎でなく根津清太郎になって、谷崎は得恋者の位置に坐る。またお静のみならず男の位置もなくなってしまう。

図3

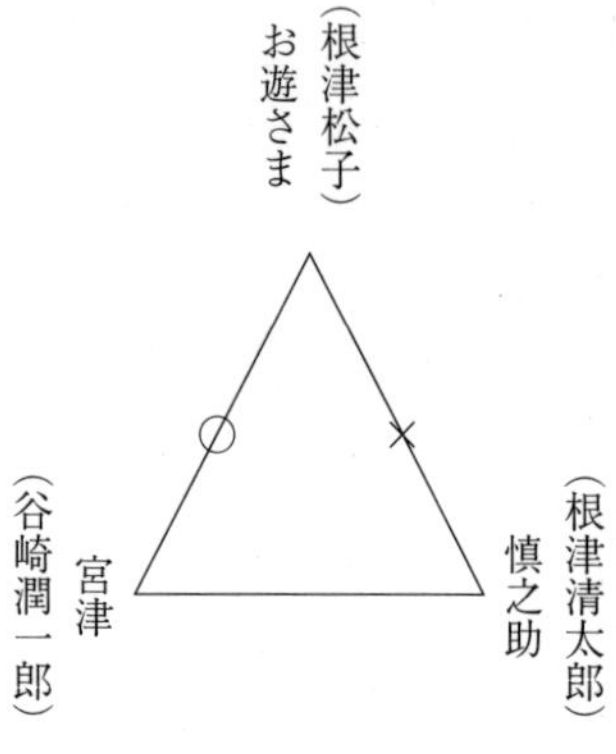

この説の難点は、谷崎がこの作品をおのれの核にすえて、松子への思いを語るものではなくなってしまうことである。「あしかり」の歌は、谷崎が松子への思いを託して、あなたが人の妻で一緒に暮らせないのはつらいという切ない思慕を、表明しているととるべきである。

そしてくり返すことになるが、共通していえることはお静の存在が重要な位置を占めえず、松子の妹重子が考えられるというだけで、図示するほどのことでもなくなることである。

しかしこの作品において、むしろ主人公はお静でないかと思えるほど、お静の人間像は特異で、美しく、果たしてこういう女性がいるかと思えるほど純粋で、『蘆刈』の感動はこのお静の存在が基盤になっているといえるほどである。谷崎は一番にこのお静の造形に腐心し、お静を描き得たことに、会心の笑みを浮かべたのではなかろうか。お静はもっと重要視しないといけないのではなかろうか。

二　お姫さま・神さま説

そこで私はお遊さま・お静に、従来の松子・重子を想定するほかに、今一組の実在女性を考えるとともに、お遊さま・お静の位置をもっと次元の高いところに据えたいと思う。

まず後者から考察する。

ここで私は、大正末から昭和の始めにかけて、さらに戦前戦後にかけて翻訳文学のベストセラーになった、ジィドの『狭き門』の図式を援用する。

谷崎が『狭き門』を読んでいたかどうかは問題ではない。当時評判になった小説だから知らなかったはずはない。まして姉妹愛を描いているので読んでいただろうと思われるが確たる証拠はない。しかしそれは脇においてもよいのであって、この作品の図式を『蘆刈』に適用すればはっきりする。

『狭き門』はアリサとジェロームと神との三角関係を描いたといわれている。[4] 神に至る道は、アリサがジェロームと二人並んで通れないほど「狭き門」である。そこでアリサは神をとるかジェロームをとるか、思い悩む。妹のジュリエットにジェロームを譲ろうとするが、姉思いのジュリエットはロベールと結婚して、アリサとジェロームが一緒になれる環境を作る。しかしアリサはジェロームにひかれながらも、ジェロームもアリサへの思いやりから強くなれないまま、アリサを悩みの果て死に至らしめてしまう。

この図式を『蘆刈』にあてはめ、お遊さまをほとんど神に等しい位置に引き上げて考える。なぜなら次のような叙述は、お遊さまがほとんど普通の人間では考えられないことを物語るからである。

中でもお遊さんがいちばん両親に可愛がられてゐてどんなわがまゝでもお遊さんなら許されるといふ風でとくべつあつかひにされてゐたさうにござります。それはお遊さんがきやうだいぢゆうでの美人でござりましたからそれもあつたかも知れませぬけれども、ほかのきやうだいたちもお遊さんだけは別物のやうにかんがへてをりまして誰もさうするのがあたりまへだと思つてゐるといふやうなふうであつたと申します。をばの言葉を借りますなら「お遊さんといふ人は徳な人だつた」と申しますので自分の方からさうしてほしいといふわけでもなくまた威張つたり他人をおしのけたりするのでもござりませぬが、まはりの者が却つていたはるやうにしましてその人にだけはいさゝかの苦労もさせまいとして、お姫さまのやうに大切にかしづいてそうつとしておく。自分たちが身代りになつてもその人には浮世の波風をあてまいとする。おいうさんは、親でも、きやうだいでも、友だちでも、自分のそばへ来る者をみんなさういふ風にさせてしまふ人柄だつたのでござります。叔母なども娘のころにお遊さんのところへあそびにまゐりますとお遊さんは小曾部の家のたからものといつたあんばいで身のまはりのどんなこまかい用事にでも自分が手をくだしたことはなくほかの姉さんや妹たちが腰元のやうに世話をやくことがござりましたけれどもそれがすこしも不自然でなくさういふやうにされてゐるお遊さんがたいへんあどけなくみえたさうにござります。

そんなお遊さまを慎之助は慕い崇め、お静もお遊さまを慕い崇める。お静の姉思いも現実にありえないような特異なもので、アリサがジェロームの求婚を拒否したように、慎之助と夫婦になりながら肉の交渉を拒否する。ただし『蘆刈』の場合は、アリサのように一人しか通れない『狭き門』ではない。慎之助とお静と二人並んで通れはする。むしろ二人並んで夫婦になって通る方が一人よりはより強くお遊さまを思慕し、共有し、共にいる歓びに満たされる。しかしそれは慎之助とお静が肉体交渉を持つと門が閉ざされてしまうほどに『狭き門』で、二人並んで進んで行くもののお遊さまを頂点とする縦の線が強く、二人は単に形式だけの夫婦という横の線でつながれているにすぎない。お遊さまという頂点に向って二つの太い矢印が引けるものの、慎之助とお静との間は、矢印が引けないような弱い線である。

アリサの場合は、神とアリサの間は神に向って太い矢印が引けるが、それに比してジェロームとアリサの間は、ジェロームからアリサに向って太いが、アリサからジェロームに向っては内実はどうあれ、あらわれとしては太くない。ジェロームと神との間は、アリサと神との間に比すれば線が弱い。

どちらも三辺のうち二辺が目立つ三角形を考えることになる。以上を図示すれば次のようになる。

図4

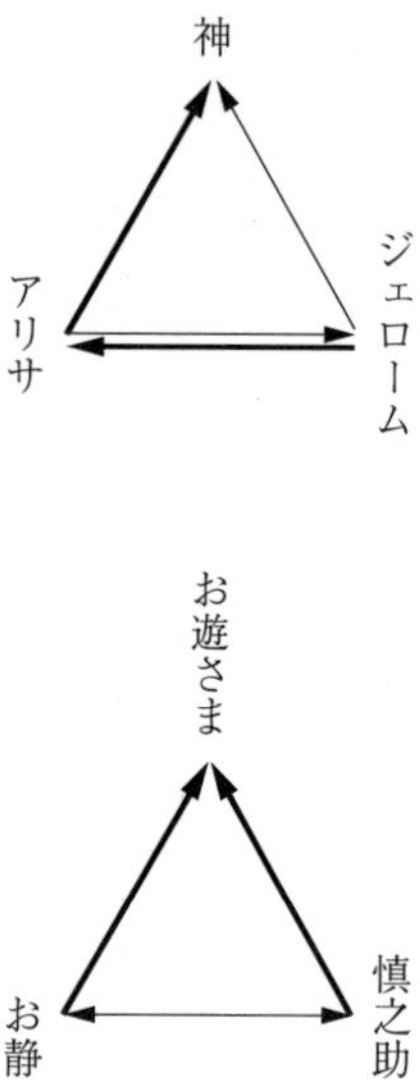

さて『蘆刈』の場合、男は誰の子かということであるが、男は「おしづは私の母、お遊さんは伯母」といい、「おしづが、わたくしの母が」といい、さらに「その母と申しますのはおしづのことでござりましてわたくしはおしづの生んだ子なのでござります」と三度にわたって言っている。だから男は「お静の子である」と考えられる。

しかし一方で、「何かおしづは二人のあひだにさういふはずみが起りますのを、ふたりがひよんな間違ひでもしでかすのを祈つてゐるやうにもみえたのでござります」といいながら、「こゝでおいうさんのためにも父のためにもべんめいいたしておかなければなりませぬのはそこまですゝんできてゐながらどちらも最後のものまではゆるさなんだのでござりました」といい、かと思うと、「それもまあ、もうさうなつたらさういふことがあつてもなうても同じことだと申せませうしないにいたしましたところがなんのいひわけになりはいたしませぬ」と裏を返し、「けれどもわたくしは父の申しますことを信じたい」とまた裏を返し、かと思うと、「けれども貞操といふものはひろくもせまくも取りやうでございますからそれならといつてお遊さんがけがされてをらなんだとは申せないかもしれませぬ」と前言を翻し、お遊さんの友禅の長じゅばんを父がとり出して、「このざんぐりしたしぼの上からをんなのからだに触れるときに肌のやはらかさがかへつてかんじられるのだ」といって、「その人を抱きかゝへでもゐるやうに頬をすりよせるのでございました」とまで言っている。

この話はすべて男自身が語っていることで、第三者が語っているのではない。男自身が父とお遊さまのことをこんなふうに語っているのだから、自分は二人の間に生まれた子であるかもしれぬと思っているることになる。しかし男はあくまで、自分はお静の子であるといっている。それはなぜか。

男は母と目するお静がひたすらお遊さまを慕い、父慎之助も同様に慕っていることを知って、自分自身も慎之助やお静を通して、自然にお遊さまを慕うようになっているのである。殊にお静は自分の小さい時に亡くなっている。それだけ一層母を思う気持は強い。したがってお静は実母、たとい養母であっても身近にいて自分を大切に育ててくれた、夫慎之助が姉のお遊さまを慕っているのにやきもちをやくどころか、一緒になってお遊さまを慕ったと聞く。父母にとってはお遊さまは生きながらの神や仏、聖母マリアや慈母観音のような存在であったと思えてくる。だから慎之助とお静は二人揃ってお遊さまの前で楽しいひとときを持つ。時にお遊さまという聖母マリアや慈母観音に等しき人と、慎之助が二人きりでいられるような場を、お静は夫に提供する。一段高い人としてお遊さまを見ているから、お静は夫の慎之助をお遊さまの前にすすませることをむしろ喜びと思う。そしてそうした父母の姿を想像して、男もお遊さまにあこがれる。父母の思慕を自分のこととしてお遊さまを思慕する。

そうした時、自分はお遊さまの子かもしれぬと思うことと、「おしづは私の母、お遊さんは伯母」と人に説明することとは矛盾しない。男の中ではどちらが母であってもよいのである。どちらかと詮索したくない。むしろ両方母と考えたい。殊にお静は幼時に亡くなって、もういない。お遊さまを月夜の宴に慎之助が訪ねて行くのに自分も行くのは、亡くなったお静の心を自分の心とすると同時に、亡きお静をお遊さまに重ねあわせ、お遊さまというもう一人の母に会える思いからであって、男の中ではどちらがほんとうの母かということは越えているのである。それほど男は、幼い時から育まれた世界に生き、お静を思い、お遊さまを思っているのである。

この説では第一の説も第二の説も包含してしまう。両方を内において考えることができる。ほとんど神・仏として仰ぐお遊さまと結婚できなかった慎之助の思いを、神と人間とを隔てるような巨椋《おぐら》の池の堤の生垣の中から仰ぎ見る。結ばれえない男の悲恋ともとれるし、今なお月夜の宴にお遊さまの姿を見に、父とともに、また父なきあとも一人で行こうとする母恋いものともとれるわけである。

それというのも男にとっては、このお静自身もこの世のものと思えぬ心の美しい女性であるからである。お静は男の幼い時に亡くなっているだけに、男は尊崇と敬慕と感動をもってお静を語っていると考えられる。お静については、お遊さま以上に驚かされる数々の言葉がある。

例えば、「おしづは婚礼の晩にわたしは姉さんのこゝろを察してこゝへお嫁に来たのです、だからあなたに身をまかせては姉さんにすまない、わたしは一生涯うはべだけの妻で結構ですから姉さんを仕合せにして上げて下さいとさういつて泣くのでございました」とか、「姉さんが亡くなつた兄さんに操をたてゝいくのなら私だつて姉さんのために操をたてゝみせませう」「姉さんがあんさんといふものがありながらまゝならぬ掟にしばられてゐると分つてみれば私がそれを横取りしては罰があたるでございませう」「それゆえあんさんもその気になつて人の見てゐるところでは夫婦のやうにふるまつて内実は操をまもつてくださりませ、そのしんぼうが勤まらぬやうなら私のおもつてゐる半分もねえさんをおもつてゐないのですとさういふものでございますから此のをんながあの人のためにかうまで身を捨ててかゝつてゐるものを男の己が負けてなるものかと父もいちづに思ひつめまして、いや、ありがたう、よくいつてくれた、あの人が後家をとほすなら私もやもめをとほしたいのが実はほんしんだつたのだ、たゞそなたまでも尼も同様にさせてしまつてはきのどくと思ふばかりにさつきのやうにいつたのだけれどもその神のやうなこゝろを聞いては礼をのべることばもない、そなたがそれほどの決心ならわたしとてなんのいぞんがあらう。無慈悲のやうだが正直のところはその方がわたしも嬉しいのだ、あたりまへならさう願ひますといへた義理ではないけれども何もいはずにせつかくの親切にすがらせてもらひませうとお静の手をとつておしいたゞいてとう〳〵その晩はまんじりともせずに語りあかしたのでござりました」とか。

ここで注意することは、「神のやうなこゝろ」とおしづについて言っているように、おしづはお遊さまと比較して「お姫さまと腰元ほどのちがひ」と言いながらも、それは外見だけのことで、内実はお遊さま以上に「神のやうなこゝろ」を慎之助はお静に見ている。それは同時に男のお静に対する思いでもある。とすればこのお静も、ほとんど神の高みにおいて、次のような図示が考えられるのではないか。

図5

三　初・千代姉妹モデル説

さて、次にお遊さま・お静を誰にあてはめて考えるかということであるが、私はこの『蘆刈』の主人公はある意味で外ならぬお静であり、お静をないがしろに考えては、この物語の半分を見失ってしまうのではないかと思う。そこで従来の根津松子・重子姉妹説の外に、お遊さまには、谷崎が最初結婚しようとしてすでに旦那がいるのに果たせなかった石川初を、お静には、初がすすめてくれた妹の千代を、おいてみることができるのではないかと思う。

即ち、「それほど姉さんが気に入つてゐるのだつたら悪いはずはありますまい、わたしは姉さんがよいといふことならその通りにします」というのは、千代が初に言いそうな言葉であり、「しづさんだけは誰にも取られたくないのだけれどもあの人ならば取られたといふ気がしないできやうだいが一人ふえたやうなこゝろもちになれるであらう」とか「姉に孝行するとおもつてこゝはいふことをきいておくれ、わたしのきらひな人のところへ行かれたのでは遊び相手がないやうになつてこれからさき淋しくてしやうがないから」というのは、あの人を谷崎においで、お初が千代に言いそうな言葉である。

谷崎は初のすすめられるままに妹の千代と結婚したが、初と千代とは性格が正反対、千代は良妻賢母型で、そういう女性は谷崎の好みに合わなかった。(5) 谷崎はくり返し初と結婚できていたらと思ったに違いない。そういう「結婚できなかった女への叶わぬ思慕」を、お遊さまに結晶させたといえないだろうか。そしてまたついに佐藤春夫に譲渡した千代に対しても、改めて愛惜の念を抱いたのではなかったろうか。千代はたとい妾の形でも谷崎のもとにおいてもらいたいといったという。そんな千代がお静の人間像に理想化されたといえないだろうか。

世に小田原事件といわれる大正十年の時点で、佐藤春夫に千代を譲ると言っておきながら、千代の妹せい子と一緒になれないと知って、にわかに前言を翻した。佐藤春夫は怒って谷崎と絶交した。谷崎は恋を知って急に生き生きし出した千代を見て、手離すのが惜しくなったといわれている。(6)

谷崎はしばしば千代に暴力を振るった。それに対して千代はじっと耐えた。耐える女性であった。千代は谷崎の両親にたいへん気に入られた。彼女は谷崎の母、ついで父の看病に家を離れて尽くした。

一方谷崎は千代の妹せい子が、結婚できなかった長姉の初と同様のタイプであるのを見出し始める。千代が実家へ行って谷崎はせい子と二人きりの生活をする。千代はそれを許す。千代は人から言われるまで、言われても谷崎とせい子の仲を疑わなかった。その辺のところは静が、お遊さまと慎之助が、むしろ二人きりになることを許す、というよりすすめるようにする場面と通じるものがあるといえる。

お静の中には、多分に千代の姉を思い、谷崎を思い、谷崎の父や母のことを思う、並はずれた真情がこめられているととれる。千代は谷崎がよいというのにすすんで谷崎の母の看病に行く。[7] そんな献身的なやさしい真情がお静になって、常識では考えられない高みにまで昇華されたといえないだろうか。

お遊さまとお静の姉妹には、初と千代との姉妹の姿が、愛惜をこめて形象化されていると考えることができるのではないか。終始姉の初への未練を絶ち切れず、姉妹であるゆえに千代に初の存在を意識しないではおられず冷たくした。しかし千代はよく尽くしてくれた。妻としては理想的だった。姉思いだった。そんな千代をお静に結晶させて、長年連れ添ってくれた感謝の書とした。自分が「男」となって、幼くして亡くした母「静」に千代を重ねて美しく語った。そんな千代との結婚生活をきれいなものに昇華しようとする思いも、谷崎は『蘆刈』にこめたのではないか。

根津松子・重子の姉妹[8]と谷崎の関係は容易に考えられるのであるが、また事実谷崎にとって重い位置を占めたに違いないのであるが、石川初・千代の姉妹の関係も、あわせて考えるべきではないか。

くり返せば第四の新説として、お遊さまをほとんど神の高みに位置づけて考え、さらにはお静をも同様の位置づけをして考え、男はお遊さまの子、お静の子、どちらの母の子という思いからも超越していると理解する。[9]したがって『蘆刈』は、母恋い物とも読めるし、「結ばれ得ない相愛が、結ばれないままに美しく貫かれた相愛の図」とも読める。二つの説を包含する。

また従来看過されがちだったお静を重要視し、お遊さまお静の姉妹に松子・重子の姉妹を考えるほかに、谷崎の最初の妻千代とその姉初を加えて考え、「結婚できなかった女への叶わぬ思慕」をも含める。

以上の観点をとれば、『蘆刈』三説の内包する矛盾は、かなり氷解するのではないかと私は思う。[10]

〈注〉

（1）河野多恵子『谷崎文学の愉しみ』（中央公論社・平5）
（2）秦恒平『谷崎潤一郎』（筑摩叢書・平1）
（3）福田和也「水無瀬の宮から――『蘆刈』を巡って」（「國文學」・平5・12）
（4）川口篤「作品解説」（河盛好蔵編『アンドレ・ジィド』要選書・昭27）の中で、アリサは「ジェロームの存在が神と自分との間の邪魔者であり、自分の存在がジェロームと神とを結ぶ障碍であると考へるやう

の中で、アリサは「神と恋との二筋道になやみつづけていた」などとある。

(5) 野村尚吾「結婚と父母の死」(『伝記谷崎潤一郎』六興出版・昭49所収)

(6) 「佐藤春夫に与へて過去半生を語る書」(昭6)

(7) 「晩春日記」(大6)

(8) 永田常次郎『藤永田二七八年補遺』(私家版・平13)に記載のある永田家の系譜によると、従来松子の父となっていた森田安松は祖父であり、父は安蔵になっている。妹重子の名前は茂子になっている。松子・茂子と常次郎氏は、松子・茂子の祖母の弟が、常次郎氏の祖父という関係にあたる。

(9) 駄弁を弄すれば、男がお静の子かお遊さまの子か、どちらかと事実を詮索することは徒労なのである。『蘆刈』はつくりもので、作者が男に「私はお静の子です」といわせながら、お遊さまの子でもあるようにいわせ、謎のまま解明せず終っている。だから事実を解明する手だてはなく、謎のまま受取るべきで、問題は男がどう思っていたかということである。お静の子とくり返しながらお遊さまの子でもあるような言い方をしているのだから、幼くして亡くなった母お静の姉であるお遊さま、お静の慕ったお遊さまを母とも思っているということである。お静はお遊さまを慕うあまり、慎之助と夫婦の契りをせぬと誓いあった、すすんでお遊さまと慎之助を二人きりにさせた、そんなお静であるゆえに、自分はお遊さまの子であるかもしれない、そのようにもとれることを話すということも、何らその意に逆らうことにならない。むしろお静は亡きわたしの代わりに、姉のお遊さまを母と思っておくれよというであろうと思う。そんなお静の気持がわかるから、男は無理なくお遊さまを母とも思えるのである。

(10) ここでは古川丁未子のことにはふれなかった。「『蘆刈』と古川丁未子」の説明をくり返すことになるから。しかしなお、重複するところがあるのは、それぞれ独立した文章として書いているので、省けば論旨に無理が生じてくる。他の文章にもところどころあるが、御理解いただきたい。

『春琴抄』の主題

一　『春琴抄』の藪の中

『春琴抄』の主題は何か、これは案外古くして新しい、いまだにくすぶりつづけている、あるいはくすぶりが大きくなっているともいっていい問題である。

なぜなら二十余年前から、春琴が顔に火傷を負った事件をめぐって、春琴に熱湯を注いだのは他ならぬ佐助ではないかという、河野多恵子、野坂昭如、多田道太郎らの佐助犯人説[1]、いや暗に春琴も加担したのではないかという、永栄啓伸の春琴佐助黙契説[2]、さらには春琴自身の所為だとする、秦恒平の春琴自害説[3]が飛び出た。

最近では、「結婚を欲しなかった理由は春琴より佐助の方にあった」とあることや、二人の間の子供はすべて人にくれてやって取り戻そうともしなかったというようなことから、明里千章、藤原智子の佐助のエゴイスト偽善説[4]が再燃し、従来の献身純愛説を覆しかねないからである。

『春琴抄』が発表されたのは昭和八年（一九三三）だから、もう七十年にもなるのに、これは極めて

「春琴抄」の昔が偲ばれるような、道修町の小西家住宅＝旧小西儀助商店・国指定の重要文化財、右斜め道修町、手前堺筋、左手三越（コニシ株式会社蔵、144頁、145頁、189頁参照）

異例といえるのではなかろうか。

異例といえばこの作品は発表当時非常な反響を巻き起した。川端康成は「ただ嘆息するばかりの名作で、言葉がない」と感嘆し、正宗白鳥は「聖人出づると雖も、一語も挿むこと能はざるべしと云つた感じに打たれた」と絶賛した。以後映画化五回、演劇化二十回以上、近くは平成七年に宝塚歌劇星組が「殉情」という演題で公演し、それから七年後の平成十四年にも同じ演題で、今度は雪組が大阪・東京で公演した。いずれもたいへん盛況だったという。

今日でも『春琴抄』といえば、谷崎潤一郎の名作として、『細雪』とともに知らぬ人はないくらい有名である。この純文学不振時代、毎年のように文庫本でも版を重ねている。

ところで映画や演劇では、すべて献身純愛を主題とし、春琴の顔に熱湯をかけて大火傷を負わせたのは外部から侵入した賊になっている。しかし原作は三通りの説を並べ、しかもそれらは矛盾していて、真相は藪の中である。これは一つは学友芥川龍之介『藪の中』に触発されて、谷崎は『春琴抄』の「藪の中」を書こうとしたのではないかと考えられる。

第一の証言は、「ほんたうの著者は検校《けんぎょう》その人」と断わっているように、後に琴台検校となった佐助が編んだ「鵙屋《もずや》春琴伝」の叙述で、「佐助は春琴の苦吟する声に驚き眼覚めて次の間より馳せ付け、急ぎ燈火を点じて見れば、何者か雨戸を抉《こ》じ開け春琴が伏戸に忍入りしに、早くも佐助が起き出でたるけはひを察し、一物をも得ずして逃げ失せぬと覚しく、既に四辺に人影もなかりき。此の時賊は周章の余り、有り合はせたる鉄瓶を春琴の頭上に投げ付けて去りしかば、雪を欺く豊頰に熱湯の余沫飛び散りて口惜しくも一点火傷の痕を留めぬ」云々で、映画や演劇ではいずれもこの歴とした賊の侵入によっている。ただし、「周章の余り」「鉄瓶を春琴の頭上に投げ付けて」のところは、やりやすくわかりやすいように、例えば次にある「鉄瓶の口を春琴の頭の上に傾けて」というような所作を、素早くするように演出している。

次の第二の証言は、「鴫沢《しぎさわ》てる女その他二三の人の話に依ると」として、「賊は予め台所に忍び込んで火を起し湯を沸かした後、その鉄瓶を提げて伏戸に闖入し鉄瓶の口を春琴の頭の上に傾けて真正面《まとも》に熱湯を注ぎかけたのであると云ふ」と、周章どころか、火を起すことから始め、音がし、煙がたちこめ、臭いもする、時間のかかる悠長なことをしながら、春琴や佐助は気がつかないことになっている。このことから実はこの賊は他ならぬ佐助ではないかという佐助犯人説や、春琴がそれと気づいても容認したと考えられるところから、春琴佐助黙契説が生まれる根拠となった。

そして第三の証言は、「佐助は春琴の死後十余年を経た後に彼が失明した時のいきさつを側近者に語つたことがありそれに依つて詳細な当時の事情が漸く判明するに至つた」と前置きして、「春琴が兇漢に襲はれた夜佐助はいつものやうに春琴の閨《ねや》の次の間に眠つてゐたが物音を聞いて眼を覚ますと有明行燈《あんどん》の灯が消えてゐ真つ暗な中に呻《うめ》きごゑがする佐助は驚いて跳び起き先づ灯をともしてその行燈を提げたま丶屏風の向うに敷いてある春琴の寝床の方へ行つたそしてぼんやりした行燈の灯影が屏風の金地に反射する覚束ない明りの中で部屋の様子を見回したけれ共何も取り散らした形跡はなかつた唯春琴の枕元に鉄瓶が捨て丶あり、春琴も蓐中にあつて静かに仰臥してゐたが何故か呍々《うんうん》と呻つてゐる佐助は最初春琴が夢に魘《うな》されてゐるのだと思ひお師匠さまどうなされましたお師匠さまと枕元へ寄つて揺り起さうとした時我知らずあと叫んで両眼を蔽うた」とある、つまり「取り散らした形跡はなかつた」ということは、賊の侵入を否定したことになっている。ここでは春琴自身がいわば自殺的行為に及んだのではないかという疑義が持たれ、春琴自害説を生んだ。

しかし佐助犯人説や、春琴佐助黙契説や、春琴自害説を採用した映画や演劇はない。それらを採っては、『春琴抄』は支離滅裂な筋になり、佐助は冷ややかな偽善者、春琴ともども自虐他虐をむき出しにした不純な物語になって、感動どころか気味の悪いものになってしまう。

今日のように純愛小説不毛の時代に、「殉情」――「命を捧げるほどの愛情」というおおよそ反時代的な「献身」をテーマに掲げ、『春琴抄』を上演して盛況だったということは、人々がこの作品に寄せるイメージが何かを物語っている。が、そういう鑑賞は問題があるのであろうか。その辺のところをどう解釈すればよいのか。今一度検討を進め考え直してみようと思う。

二　閉ざされた幻想世界

芥川龍之介の『藪の中』は、「検非違使に問はれたる木樵りの物語」、同じく「旅法師の物語」、同じく「放免の物語」、同じく「媼の物語」、「多襄丸の白状」、「清水寺に来れる女の懺悔」、「巫女の口を借りたる死霊の物語」と、異なる人物の、それほど時間をおかない範囲内での証言の食い違いである。

ところが『春琴抄』の場合は、第一の証言は春琴の三回忌、事件後二十三年、六十四歳の佐助が、自ら編んだ「鵙屋春琴伝」を通して自己の見解を述べたものであるし、第二の証言は事件後六十数年、佐助の死後側近者鴫沢てるが、佐助の伝えたことを作中の「私」に語った体裁になっている。そして第三の証言は佐助が事件後三十余年たった時点で側近者に語ったことを、側近者から「私」が聞いた形になっている。佐助が語ったのは事件後三十余年だが、「私」が聞いたのは「それに依つて詳細な当時の事情が漸く判明するに至つた」とあるから第二の証言を耳にした後聞いたことになっている。やはり第二の証言と同様事件後六十数年たっての話である。

つまり芥川の『藪の中』と違って、証言の発信源は結局佐助一人の同一人物で、事件後二十三年後、六十数年後、三十余年後という途方もない時間を隔てての喰い違いである。しかも第一、第二、第三の証言とも、「私」が得たのは事件後六十数年たった昭和七、八年頃である。「鵙屋春琴伝」は書かれたものであるからよいとしても、他は書きとめられたものでも「私」が佐助から直接聞いたものでもない。第三者を通してのまた聞きで、当時の伝言をそのまま伝えているかどうかは疑わしい。

第二の証言者鴫沢てる女は、事件があって九年後、佐助も盲目になったので佐助の身の回りを世話するために内弟子としてやって来て、春琴の死後四年、「鵙屋春琴伝」が書かれた二年後、十六年間の奉公を終えて佐助のもとを去っている。したがって春琴火傷事件当時その場にいたわけではない。しかしその後春琴佐助と生活を共にしているから、直接春琴からの話は耳にしているはずである。

ところが彼女は、「佐助の志を重んじ決して春琴の容貌の秘密を人に語らない私も一往は尋ねてみたが佐助さんはお師匠様を始終美しい器量のお方ぢやと思ひ込んでいやはりましたので私もさう思ふやうにしてをりましたと云ひ委しくは教へてくれなかつた」とあるように、春琴から聞いた話も、佐助の意を汲んだ上でしか伝えていないことになる。結局佐助の代弁者といってよく、「その他二三の人」もどういう人か記述がないのでお添えものとして鴫沢てる女と同類と考えてよい。

しかもよく考えてみると、この第二の証言はわかるはずもない賊の行動を伝えている。ということは賊自身の告白によるか、でなければ春琴が耳にしたものと考えられる。盲者は足音だけで人を識別する鋭い聴覚を持っているから、春琴はこの賊は直ちに佐助と判断したはずである。侵入者であればそんな行動を許しておくはずがない。行動を許して一部始終を知っているということは相手は佐助で、自分もそれを許容していたということで、共犯者だという説を導き出すことになる。

けれども鴫沢てる女にとって佐助は琴三絃の師匠で、彼女は佐助の信奉者であるから、佐助の死後とはいえ、佐助の意に反してこんな佐助に疑いのかかることを言うはずがない。佐助も十分承知している証言であるはずである。

とすると、どういうことが考えられるか。鴫沢てる女の言は、佐助とともに生活していた間に佐助から伝えられたことと考えられるから、この第二の証言は、佐助が「鵙屋春琴伝」で第一の証言を表明したあと、鴫沢てる女が佐助のもとを去る二年後までの生活の中で、「伝」の記述を修正した話をしたことになる。なぜ佐助自身疑いをかけられるような証言を彼女に語ったのか。

この矛盾を矛盾でなく説明をつけるためには、文中末尾に「生きている相手を夢でのみ見てゐた佐助のやうな場合にはいつ死別れたともはつきりした時は指せないかも知れない」とか、「在りし日の春琴とは全く違つた春琴を作り上げ愈〻鮮かにその姿を見てゐたであらう」とあるところから、従来の佐助犯人説、春琴佐助黙契説、春琴自害説のように現実のことと考えては解決しない。非現実の幻想世界として考えなければならないが、それは書いてない。したがってこれはあくまで仮説で、私流の『春琴抄』を仮に考えるようなことになるが、あえて書けばこんなことがいえるのではないか。

盲目の世界は視覚が遮断された世界だから、それだけ現実から閉じられた世界で、佐助は春琴が火傷を負った日のことを、くり返し瞼の裏に思い浮べたに違いない。「彼の視野には過去の記憶の世界だけがある」「畢竟めしひの佐助は現実に眼を閉ぢ永劫不変の観念境へ飛躍した」その一番に、まずこの事件についての観念境を飛躍させたのではないか。

即ち「我知らずあと叫んで両眼を蔽うた」とあるところである。ここのところはさらに詳述して、「枕元へ駈け付けた瞬間焼け爛れた顔を一と眼見たけれ共正視するに堪へずして咄嗟に面を背けた」とあり、「あと叫」ぶほど、「正視するに堪へ」ないほど、佐助は強い衝撃を受けたといっている。すぐ「御安心なされませお貟《かほ》は見は致しませせぬ此の通り眼をつぶつてをります」とか、「咄嗟に面を背けたので燈明の灯の揺めく蔭に何か人間離れのした怪しい幻影を見たかのやうな印象が残つてゐるに過ぎず」とか、「いえ〳〵見てはならぬと仰つしやつてゞございますものを何でお言葉に違《たが》ひませうぞ」とか打ち消してはいるが、見たことは見たのである。こういう目撃はたとい一瞬であっても強烈で、春琴の恐ろしい形相は消そうと思っても消えるものでなく、あとあとまで深く佐助の眼に焼きついたはずである。目を開いて他の視界に転換できないだけに、執拗に佐助の視界を奪いつづけたに相違ない。

春琴が美貌で崇高で近づきがたい師匠で、けれども「肉体の巨細を知り悉《つく》して剰《あま》す所なきに至り月並の夫婦関係や恋愛関係の夢想だもしない密接な縁を結んだ」女性であるだけに、佐助はめくるめく異様な妖しい魅惑に襲われたはずである。

そこへ「辛き目をおさせ申したのを知らずに睡つてをりましたのは返す〴〵も私の不調法」「お師

匠様を苦しめて自分が無事でをりましては何としても心が済まず罰が当つてくれたらよい」という罪の意識が加わってくる。

それらが微妙に交差すると、佐助はなぜ春琴の顔の上に立ちふさがって、身代わりに春琴が受けた熱湯を浴びなかったのかと、春琴の顔のくずれた分、自分の顔がくずれたらと申分けなさに自分を責めたに違いない。春琴の痛みいかばかりとそのさまを想像し、自分がより熱湯をかけられ、より火傷を負えば春琴の苦しみが少しでもやわらぐのでないかと、春琴以上の苦しみを苦しもうと思う。しかしそうして春琴の苦しみを思いやればやるほど、それが春琴のよりひどい顔のくずれにひろがって、滅相もない、冒瀆だ、お前は賊かと自らを咎めただす。自然、賊のことにも思いが飛んで、そもそも賊はどうして侵入して来たのか。家の中に入ってから火を起し湯を沸かしたのか。火を起し、湯を沸かし、鉄瓶を提げて賊がこちらへ近づいて来る。止めねばならないと思うのに、賊はおもむろに鉄瓶を傾けて熱湯を春琴の顔に注ぎ出す。驚いて駆け出したが一瞬遅く、賊は鉄瓶を捨てて逃げ、春琴は熱湯を浴び、自分は春琴の恐ろしい顔を見てしまった。春琴はうめきながらも、すべてを知っているように耳でじっとこちらを見つめている。見たなときびしく問われる。ぞっとしていえいえ目をつぶっておりますとはいうものの、細目をあいて飛びこんでくるその様相に胸はわななき、妖しい魅惑が頭をかけめぐる。賊は闇に消えてしまったのに賊の仕草がありありと見えて来て、それは反復され、増幅され、だんだん独りではもち切れず、一言二言信頼するてる女に話す。てる女はうなずいて聞いてくれるので、またいろいろと話すうち、どこまでほんとうであったかわからぬままに、話したことはほんとうのように思えてくる。

てる女はそれを「私」に語るのだが、その間四十余年の歳月が流れている。その歳月の間には彼女の中でそれらは濾過され整理され、賊の細かな行動だけが「私」に伝えられた。――というようなことが考えられるのではないか。それが第二の証言のようになったのではないか。

けれども一方では、自分で自分の眼を針で突いた日のことも呼びさまされて、賊の手が針を持つ自分の手になり、自分を責める春琴の手ともなって、結果次のような想念が働いたと思われる。以下は秦恒平「春琴自害」で現実のこととして想定されたことを、佐助の想念の世界で考える。

春琴はこのおのれを試すために自ら自分の顔に熱湯をかけたのではないかと思う。醜くなった顔を見たくなければ、佐助お前も盲目の世界に参入せぬか。自分と同じ世界を共有するほどに、お前は自分に献身の誠を捧げるか。ほんとうであればほんとうのところを見せてくれるか。春琴はそういう詰問の思いで自害に等しい、自分で自分の顔に熱湯を注ぐという一期一会の賭けに出たのではないか。

そんな春琴の心中や動作がまざまざと迫って来て、それは春琴の姿とともにくり返し切実に瞼を覆う。次第にそれが実際あったかのように思えて来て、堪え切れずてる女なきあとの側近者に語る。そして彼から――固有名詞でないのでどういう人物かわからないが、「私」に語られたと考えられる。

ただしこの場合も、てる女の場合と同じく、側近者が佐助から聞いて「私」に伝えるまでに、三十年半ばの長い歳月がある。当然側近者自身の中で修正され、ふるいに掛けられ、記憶から脱落したものがあるといわねばならない。そしてこの側近者もまた、以上述べたような佐助の内面的葛藤までは、片言双句は耳にしたとしてもしかとわからぬことであるので、慎重に排除してふれなかったに違いない。第三の証言はこうして形づくられたと考えられる。

以上はあくまで仮説で、矛盾する三説が矛盾しないように、考えられる世界として記してみた。

しかしこれらの問題をどう考えればよいかの答は、もともと作中の始めの方に書いてあるのである。春琴がなぜ失明したかについてのところである。

「一番末の妹に付いてゐた乳母が両親の愛情の偏頗なのを憤つて密かに琴女を憎んでゐたといふ。風眼といふものは人も知る如く花柳病の黴菌が眼の粘膜を侵す時に生ずるのであるから検校の意は、蓋《けだ》し此の乳母が或る手段を以て彼女を失明させたことを諷するのである。しかし確かな根拠があつてさう思ふのか検校一人だけの想像説であるのか明瞭でない」「恐らくは揣摩臆測《しまおくそく》に過ぎないであらう。要するに此処では敢て原因を問はず唯九歳の時に盲目になつたことを記せば足りる」

即ち春琴失明の原因はわからず不問に付すということである。この話法をあてはめれば、右の三説いずれも「揣摩臆測」に過ぎず、此処では誰がどうしてなど問わず、ただ春琴が火傷を負うたことを記せば足りる。矛盾を埋めようとすること自体無意味ということになる。が、これを現実に実証的科学的に辻褄をつけようとして、あまりいろいろの「揣摩臆測」が語られるので、幻想の世界のこととして考えられることを書いてみた。

では谷崎自身はそこまで考えていたか、佐助犯人説、春琴佐助黙契説、春琴自害説がとび出るなど、予想しなかったととる人がいるが、そんなことはあるまい。むしろ謎としてふくみを持たせ、この矛盾を読者はどうとるか、その辺もこの作品の奥行きの深さとして、十分計算して書いたと思われる。ということは谷崎は好き好んで勝手な「藪の中」を仕組んだのでなく、そこに込めた思い入れがあるからである。その思い入れとは何か、次に作品の枠をはずして、その背後にある作者谷崎自身の実生活を探ってみようと思う。実生活の何を作品の上に重ねあわせたのか、根拠となるところを検討してみようと思う。

三　禁断の魅惑・闇の誓い

この問題はすでに拙著『谷崎潤一郎『春琴抄』の謎』(5)や『谷崎・春琴なぞ語り』(6)の中で、主想に対する副想として論じ、断定的な語りの形で小説にもした。しかし改めて本稿の流れの中で、補足考察を深めてみることにする。

まず右の第二の証言から当然疑いを持たれてくる佐助犯人説について。これには彼の母親に対する思いがかかわってくると思われる。

『幼少時代』によれば、谷崎は自分の母親が三人姉妹の中でも一番の器量よしで、下町で最高位の美人絵双紙の大関に選ばれたことを自慢している。また母親と一緒に入浴したとき、「大腿部の辺の肌」の白さ肌理の細かさに「ハッとして見直したこともたび〳〵」だったといっている。この母親の肉体に対する美意識は早熟で、異常でもあり、母子相姦《イノセンス》的な魅惑の胚胎を感じさせられる。

しかし彼は「両親が何処の部屋を寝室にあてゝゐたのか」あとになってもわからないほど、「乳母と二人きりで寝た」、両親が遊山に行くときも「置いてき堀にされ、一緒に連れて行かれたことは一度もなかつた」というから、母の愛に飢えて育ったといってよい。

したがって「賊が予め台所に忍び込んで火を起し湯を沸かした後」と暇のかかることをしてから「その鉄瓶を提げて伏戸に闖入」するというのは、それだけ容易に両親の寝室に入れない準備時間を要することを象徴しているともいえるし、春琴が物音を耳にしながら容認していたことは、春琴佐助黙契説を用意して、副想として谷崎の母親に対する期待、母親がそんな彼を受け入れてくれるであろうという期待がこめられているともいえる。

また谷崎は若い時「非常に親に不孝で、両親に心配をかけたことは大変なもの[7]」で、「父親とも、母親とも始終喧嘩ばかりしてゐた[7]」「罰あたりだ[8]」「今にロクな者になりはしない[8]」とののしられ、「朝夕親の傍にゐて、その生活を助けてゐた精二の方に親が親しみを感じるのは当り前で[8]」母親は「潤一と一緒に暮すのは御免だよ。お父さんが亡くなったら精二と暮したい[9]」と言っていた。弟が愛され自分は愛されていない嫉み、その仕打ちに対して「仕返しをしてやる心[8]」が「潜在的にもなかったとはっきり云ひ切る勇気はない(8)」といっている。そんな思いが佐助の犯行ととれなくもない設定にしているといえる。

さらに、母親が丹毒にかかって容貌が一変することが重ねられる。

彼は『晩春日記』の中で、「あな浅まし、丹毒とは恐ろしくも咀《のろ》はしき病に犯され給ひしものかな」「むくつけく膿みたゞれたる顔を枕につけて、病床に喘ぎ悶ゆる母の姿は、想像するだに凄じく、身の毛の竦《よだ》つやうに覚えて、蠣殻町の家を訪るゝに足すゝまず」「つれなき我が子よ、なんぢは母の苦患を余所に見て何せんとはするぞ。とくとく我を助けてたべ。など云はれなば」と「思ふにいよいよ心ためらひて、亀島町のS氏宅に空しく時を過すこと二時間ばかり」「漸く意を決して父の許に行く」と書いている。

普通なら飛んで行くところ、このような逡巡は異常である。谷崎は母親の死後一年、大正七年発表の「白昼鬼語」に、「恐ろしい物は凡て美しい。悪魔は神様と同じやうに美しい」とくり返し書いているが、この場合恐怖に美を、「むくつけく膿みたゞれ」「喘ぎ悶ゆる母の姿」に神同様の悪魔の美を見ているのである。谷崎はまた母親の死ぬ四ケ月前、大正六年一月発表の「魔術師」の中で、「妙齢の女の顔が、腫物《できもの》の為めに膿みたゞれて居るやうな、美しさと醜さとの奇抜な融合」――即ちたゞれた醜さに妖しい美を覚えると書いている。その対象が母なるがゆえに、母子相姦の禁断の魅惑にふるえていたのである。

さらに病床の母親を見て次のように書いている谷崎は心中余人の察せられぬ複雑なものがあったのではなかろうか。

「色白くきめ細かく眉目秀で、、君が姉上にはあらずやなど屢〻人に疑はれし若々しき容貌は、口鼻のありかもわからずふくれ上り、あまつさへ黒き練り薬もて一面に塗抹されたれば、ぬばたまの夜の闇に迷ふ陰鬼の姿もかくやと思はれて、ひたすらに胸つぶる、ばかりなり」とか、「腫れ上りたる両の眼瞼を指もて無理に押し開きつ、、やうやう我が顔を仰ぎ視て、お、潤一か、妾は辛き目に遇ひつるぞや。あな苦しや。かくてあらんよりはたゞ死なんとこそ思へと、狂ほしげに呼ばる、声のみはなつかしくも紛ふ方なき母上なり」とか、「さては『辛き目に遇ひつるぞや』と悲しき声にて宣ひし言葉などよもすがら胸に浮びていもねられず。ともすればあやしく涙ぐまれて、いかに苦しみ悶えておはさむと打ち案ずるに、己のみかく安らかに夜を過すは、罪ふかき心地さへぞする」とか。

これらに、母の死ぬ二年前、大正三年発表の「饒太郎」の中の言葉、「頗る猛烈なMasochisten」なるゆえに「冷酷な残忍な取り扱ひを受けて、寧ろ激烈な肉体的の痛苦を与へて貰ふ事を、人生最大の歓楽」と感じ、「眼球を抉《えぐ》られ四肢を縛せられ、死体となつて斃れて居る自分の姿を想像した」といっているのを重ねれば、母即ち私、――母と私とは同一化され、マゾヒストとしての妖しい幻想に胸しめつけられていると見ることができる。そしてそれは同時に、火傷を負うて苦しむ春琴と同一化する佐助の思いをも語っているといえる。

しかも谷崎は医師からしばらく小康を保つだろうという言葉を聞くや、執筆に事寄せて遠く伊香保まで逃げのびる。これもまた異常で、近くにいれば恐怖に襲われ、母との近親相姦図が瞼にちらつく、それを追い払うための逃避行をしたといえるのである。

結果、間もなく母危篤の電報を受け、六時間かかって駆けつけたときには、母は息を引き取っていた。そして「予が姉ではないかと人に訝《あや》しまれた美しい母親の顔は白蠟の如く晴れ晴れとして浄らかであつた」とほっとするものの、懺悔の思いは長く彼を苦しめる。

谷崎はこの時の思いを、「わては浅ましい姿にされたぞ」と訴える春琴と、「お師匠様の大難に比べましたら此れしきのことが何でござりませう」と、われとわが眼を突いて春琴の盲目の世界に参入する佐助に置きかえ、当時の「罪ふかき心地」を昇華させたといえる。

「罪ふかき心地」――それは彼が母の死後四年の大正十年に発表した『不幸な母の話』の中で、「お前のやうに飛び歩いて居たら、親の死に目に会へないことになるぢやないか」「兎に角私が死ぬか生きるかと云ふ心配をして居る最中に、表へ出て行くと云ふ法がありますか」という母の言葉をおいているし、母と妻を連れて乗った艀《はしけ》が転覆し、「妻を救ふので夢中になつて、私の手で私の母を水の中へ突き放した」結果、母は助かったものの人が変ったようになって世を去り、「私」は自己呵責にさいなまれ、「私が死なゝければ母は決して喜んではくれないのだ」と遺書を残して自殺する小説を書いた。母の臨終の折のことが、いかに大きい衝撃だったかを物語っている。

さらに考えれば、醜く変容した母の顔が谷崎に妖しい母子相姦的性の衝動を掻き立てるものなら、「見まい」と反射的に避ける行為と、避けながらも「今一度よく見て見たい、今一度……」という逆の衝動にも駆られたのではないか。谷崎はそういう錯雑した心理の思いを込めて佐助犯人説を、またそれを佐助に許容する思いを込めて春琴佐助黙契説を、匂わすように場面を構成したのではないか。

次に第三の証言についていえば、これには高嶺の花と思慕しつづけて来た船場の御寮人根津松子と死を誓いあった一場面が、副想として語られていると思われる。

谷崎松子『湘竹居追想』[10]によれば、「青木《おうぎ》の浜で天地に二人きりの心細い夜の闇の中に向ひ合つて『全う出来なければ二人で死にませう』と誓ひ合つた。今も忘れようにも忘れられぬ運命の岐れ目でもあつた」とある。松子にとって「忘れようにも忘れられぬ運命の岐れ目」と思うことは、谷崎にとっても同様であろう。谷崎はその思いつめた松子の言葉に、深く感動を覚えたであろう。谷崎も「一生あなた様に御仕へ申すことができましたらたとひそのために身を亡ぼしてもそれか《ママ》私には無上の幸福でございます」「何卒〳〵御寮人様の為に生命を捨てるやうになりたうございます」と手紙に書いている。しかしほんとうは自分は芸術がある限り死なないというおのれのエゴイズムを冷静に見つめていたに相違ない。松子が自殺を試みた。谷崎は周章狼狽する。そういう思いを第三の証言・春琴自害説に込めたと考えられる。ともあれ、母と松子への思いが谷崎の中では一つになって、春琴・佐助の世界に結実されたと考えられるのである。

四　映画化未実現の深層

ここで二つの文章に注目したいと思う。一つは谷崎の「映画への感想――『春琴抄』映画化に際して――」の一文である。

もし自分であれを映画化するとすれば、目を突いて盲目になつてしまつてからの佐助を通じて、春琴を幻想の世界にうつくしく描き、それと現実の世界とを交錯させて話をすゝめて行くやうにすれば、実際はさういふものがうまくつくれるかどうかは自分にもわからないが、成功すれば、きつと面白いものが出来あがるのではないかと思つてゐる。

ここで谷崎は「幻想の世界にうつくしく描き」といっている。たとえば前述の、私が仮に試みたような幻想の世界で、矛盾を越え、それを現実の世界と交錯させる。そしてそれを「うつくしく」と明言している。ということは現実の世界では、佐助犯人説や春琴佐助黙契説や春琴自害説などといったどろどろした場面は考えていないということである。それらはすべて幻想の世界で夢のように処理し、深層心理の所産として重層的に描き、結果的に「うつくしく」感動的なものにする。

また、「映画になつた『春琴抄』には自分は殆どのぞみをかけてはゐない。従つて、出来あがつたものを見るつもりもない」と手厳しく批判を下している。ということは、今ある映画は矛盾する三説を素通りし、それを幻想の世界で「うつくしく」処理しようともしない、平板に流れている不満をもらしているのである。したがってそんな谷崎の望んだような映画は、現在もまだ実現されていないことになる。

今一つは、谷崎松子が『春琴抄』自筆原稿複製本[11]の刊行に際して、栞に書かれた文章である。谷崎松子のものを安易に引用するのは、いわば光のあたる側からで、影にあたる側の、谷崎の最初の夫人＝後の佐藤千代、実娘鮎子、第二の夫人＝後の鷲尾丁未子、皆沈黙を守ったままであるので、一方に偏する危険性がある。その上、たとえば松子が生前は出さないでほしいというので死後刊行した稲沢秀夫『秘本谷崎潤一郎』全五巻の冒頭には、松子についての次のような思い出が書いてある。

松子生前に刊行した稲沢秀夫『聞書谷崎潤一郎』[12]は、「かなりの部分を原稿から削り取っ」たのだが、それでも初校を見せたところ、「さらに多くの削除を求められることになり、初校は殆ど滅多切りの状態になり、加えて、仕事の進行が考えられないほど滞った」「自分以外の人がよく書かれていればいるで、やはり困る」「谷崎潤一郎の傍にいる花は松子だけ」というのである。このようなことから松子の文章は、研究者間ではあまり信が置かれないようになった。

しかしそのことを頭においても、この栞の文章は谷崎の死後五年、昭和四十五年のまだ惜別の思い醒めやらぬときに往時を回想して書かれているから、真摯で、感動的で、渾身の思いがこめられている。美化されている、したがってそのまま信じては危いかもしれないが、非常に重要なことを示唆していると考えるので、以下文中の言葉に即してあえて考察を進めたいと思う。(前掲三四ページ参照)

最初に「春琴抄は、或る意味では最も密接に私たちの生活に結びついてゐる作品」とある。

しかも「お互に未知の部分が多かつた頃だし、それだけに初心で、瑞々《みずみず》しい感じに充ちてゐる」幸福な状態において書かれたもので、「それに燃え方が自然で、必然で」とあるから、そういう姿勢は当然作品に反映されてくるであろう。したがって佐助が事もあろうに春琴の顔に熱湯を注ぐというようなおぞましい行為は、松子・谷崎に還元すれば到底考えられないことを語っている。副想として裏に潜む思い入れはともかく、表立って主想としての佐助犯人説を考えることは『春琴抄』を根底から覆し、その感動を抹殺してしまう冒瀆的な読みということになる。

次に「自分をも燃焼し尽さん許りに熱烈な炎《ほむら》が篝《かがり》火《び》の火の粉の美しさを持つて散らされてゐる。それが、あくまでも謙虚に押へられて」とつづく。ここで「謙虚に」というのは松子・谷崎の姿勢であると同時に、春琴・佐助の作品への反映を示し、「自分をも燃焼し尽さん」は春琴自害説がダブルようでもあるが、自分の顔を自分の手で醜くするという行為は大変なことで、「謙虚に押へられ」た造形とは考えられない。

そして「全体がまことしやかな筋となつて運ばれて行く」とある。春琴・佐助が読者の目をあざむいて演戯している、佐助犯人説や春琴佐助黙契説を支えるように一見とれるが、これは谷崎が春琴や佐助の生年月日を明記し、実在の人物豊沢団平や天龍寺の峩山《がさん》和尚が、架空の人物春琴や佐助を評した言葉を挙げるなど、この作品を本当らしく本当らしく書いているものの、あくまでフィクションとして見事な作品に結実させているということで、「密接に私たちの生活に結びついてゐ」ながら、作品上では美しく昇華させたものであることをいっている。

さらに松子が案内した「高雄山の地蔵院の一室」で谷崎が『春琴抄』の執筆に向う姿を、「鞠躬如として畏まる」「真剣そのものであつた」「我儘をいさゝかも許さぬきびしい戒律を自らに課し、それには主従の形によつて相手を崇め、滅私奉公の境地に没入する」と形容している。谷崎が高嶺の花と仰いでいた松子をおのが掌中のものとして、喜々として、「苦行のやうな忍耐の生活にむしろ愉悦を感じ」、創作に没頭した姿を生き生きと伝えている。と同時に、決して世間の恋人のように想う人と相擁して愛に陶酔するものではない、「滅私の献身に身を置いて、宗教的に昇華されたことによつて不自然を感じる隙もないと見る人もある」と、『春琴抄』評に及んでいる。

ところで谷崎が松子を春琴と見立て、おのれを佐助として生活そのものを『春琴抄』としたことは有名だが、なぜそのようなことをしたのか。春琴佐助ごっこと単純に見過せない何かがあるのでないか。それは何か。その辺がまだよく解明されていないので、次に考察を進めてみようと思う。

五　虚実渾然一体の至福

松子は『倚松庵《いしょうあん》の夢』の中で、前掲昭和七年九月二日付（四一ページ）及び十一月八日付（五八ページ）の谷崎からの手紙を挙げた後で書いている。

翌年には春琴抄に執りかゝっているが、此頃になるとすっかり佐助を地でゆく忠実さで、もうけられた座が結構過ぎて時に針の蓆《むしろ》に感じられる日もあった。好奇心と嫉視との中で私は耐えることゝ、演出家のイメージを害わぬように神経を使うことに疲れて、病気勝ちであった。

松子はまた、「『春琴抄』の佐助を自ら任じて大真摯《まじめ》な人に、その当時は口を差し挟めぬ真剣さであった」「お食事は最初の内は一緒に食べて貰えなかった。お給仕をしてあとで」「お女中と一緒に」「戴きますと云って聞き入れなかった」といい、客の前でも谷崎は、客より先にお初を箸で取って松子によそったり、風邪を引いている客に家内にうつさないで下さいよといって客に不快な思いをさせたりしたといっている。これらも谷崎が佐助になり切って、松子を越え春琴に対している証拠といえる。

その他、谷崎は松子の後ろにまわって帯を結び、前にまわって履物を揃える、客がいても頓着なしというのだが、谷崎ともあろう人がそうまでしないと『春琴抄』の人物造形ができなかったのかと不審に思う。そこで再び思い起さなければならないのは、谷崎が映画化の希望として、佐助が眼を突いて失明してからの世界を幻想的にうつくしくといっていることである。そこで佐助が見たものは何か。『春琴抄』には次のようなことを感動的にくり返し畳みかけて書いている。

> 程経て春琴が起き出でた頃手さぐりしながら奥の間に行きお師匠様私はめしひになりました。もう一生涯お顔を見ることはござりませぬと彼女の前に額づいて云つた。佐助、それはほんたうか、と春琴は一語を発し長い間黙然と沈思してゐた佐助は此の世に生れてから後にも先にも此の沈黙の数分間程楽しい時を生きたことがなかつた。

そして「無言で相対しつゝある間に」「唯、感謝の一念より外何物もない春琴の胸の中を自づと会得することが出来」「心と心とが始めて犇《ひし》と抱き合ひ一つに流れて行くのを感じた」といった上で、さらに「嗚呼此れが本当にお師匠様の住んでいらつしやる世界なのだ此れで漸うお師匠様と同じ世界に住むことが出来たと思つた」その果て「つひ二た月前迄のお師匠様の円満微妙な色白の顔が鈍い明りの圏の中に来迎仏の如く浮かんだ」と宗教的幻想的世界に参入して行く。

さらに春琴が「よくも決心してくれました嬉しう思ふぞえ」「今の姿を外の人には見られてもお前にだけは見られたうないそれをようこそ察してくれました」というのに対し、佐助は「あ、あり難うござり升」「私は不仕合はせどころか此の上もなく仕合はせでござり升」と、この世のものとも思えぬ感動的真情を吐露している。そしてその結果、

「畢竟めしひの佐助は現実に眼を閉ぢ永劫不変の観念境へ飛躍した」「誰しも眼が潰れることは不仕合はせだと思ふであらうが自分は盲目になつてからさう云ふ感情を味はつたことがない寧ろ反対に此の世が極楽浄土にでもなつたやうに思はれお師匠様と唯二人生きながら蓮の台《うてな》の上に住んでゐるやうな心地がした」「されば自分は神様から眼あきにしてやると云はれてもお断りしたであらうお師匠様も自分も盲目なればこそ眼あきの知らない幸福を味へたのだ」という心境にまで至る。

これでもかこれでもかというくらい、常人の伺いえない、宗教的法悦ともいうべき世界を描き上げている。ここに谷崎は、人が全く気がついていない、気づこうとしない愛の方法、愛の姿を、表白しようとしているのではなかろうか。

即ち描こうとする「献身の幸福」がこの世のものと思えぬ至上のもので、したがってそれを形象化するには、まず自分自身が体得せねば具現できぬ、佐助が針で自分自身の眼を突いて盲目になって得た、「唯二人生きながら蓮の台の上に住んでゐるやうな」「眼あきの知らない幸福」は、自身眼を突く

ことはできなくても、それに近いものを身をもって感得しよう、実感せねばと思ったからではないか。それほどまでに常人の至り得ない世界を作品にしようとする以上、並みのことでは描き得ぬと思ったからではないか。

つまり谷崎はこういう男女の愛の形をまず船場の御寮人松子とともにいる自分が身を以て感じたので、それをさらに徹底して感得するために、真剣になり、春琴佐助を生きる思いになり、作品世界と現実が一つになって、鞠躬如として筆を執った。この感激と感動は後にも先にもこの一刻しかない、一生の最高最大の日々と思ったので、この生活を完璧に生き完璧に表現しようとしたのではないか。したがって彼はここで献身の至福を描こうとしたというよりは、それをまず身を以て体験したので、さらにその極致を追求しようとし、それを創作の世界で、「うつくしく」定着しようとしたのではなかったか。虚実渾然一体の境地を体得したのではなかったか。

くり返すならば、谷崎は献身の美を描くために『春琴抄』を書いたというのは正確ではない。彼は献身の美を自身感得したので、または感得したと思えたので、より目に見えるものにするために、それを春琴佐助に託して『春琴抄』に書いた。書くことによってそれはより現実になり、いよいよ真実になった。ますます自己を佐助に徹し、松子を春琴にした。「口を差し挟めぬ真剣さであった」というのは、それほど共に目あきでありながら、現実を遮断した、目あきでない春琴佐助二人きりの作品世界に生きたのであり、「云はず語らず細やかな愛情が交はされ」「恋愛に於ても芸術に於ても嘗て夢想だもしなかつた三昧境」――至福の愛にうちふるえた。さらにいえば谷崎は『春琴抄』制作の前年、生駒山麓の石切に住んだが、その中腹の名刹、宝山寺に祀られる神秘な男女交合の聖歓喜天の境地にも思いを馳せたのではなかろうか(13)。

谷崎は『瘋癲《ふうてん》老人日記』の中で、「予ハ神仏ヲ信ジナイ」と書いていることから、彼が渾身の力で描いたこの宗教的法悦を人は看過しがちであるが、虚心に読めば人はおのずから春琴佐助の味到した不思議な世界に参入し、谷崎が日々『春琴抄』を生きた真剣さが作品から伝わって来て、かくも徹底した男女の姿、師弟の姿もあるものかと襟を正さしめられる思いにさせられる。『春琴抄』が永遠のベストセラーであるのは、そんな得難い感動ではなかろうか。

谷崎と宗教について考えるときに、「たとへ神に見放されようとも私は私自身を信じる」という色紙に書かれた言葉がひっかかってくる。この不遜な言葉から、谷崎は神に反逆し、神に背を向けた作家のように思われている。

したがって『春琴抄』の末尾において右に見て来たような宗教的法悦が語られていようとも、人はそれを看過し、軽視し、特に注目しようとしないのではないか。

しかし谷崎は信じているのである。芸術に捧げている自分を。「美の神」に他の一切を捨てて献身している自分を。したがって「人倫の神、善悪のモラルの神」には見放されても、「美の神」には全幅の信仰を寄せているので、「美の神」は自分を放っておくはずはない。むしろ自分を高く持ち上げてくれる。それだけのことを自分はして来たのだから。そんな「美の神」即ち「芸術の神」に寄せる強い信仰、――その信仰を吐露したのが右の言葉であり、それを作品に結実させたのが『春琴抄』の終章であるといえる。

　したがって右の言葉は、敷衍すれば次のように解釈できるのではないか。「たとへ善の神に見放されても、私は美の神には見放されない私自身を信じる」と。(14)

六　隠湿な攻撃の献身

　ただ問題は、モラルの神とは相容れないところのマゾヒスト・ナルシストの佐助の一面があることである。が、ここではマゾヒズム・ナルシシズムあっての「美の神」であり、献身の至福であり、二人だけの蓮の台なのである。そこには世上の対等の夫婦としての春琴も、二人の間の子供も、容れることはできない。それほど狭い窮屈な蓮の台の上なのである。

　それは谷崎にかしずかれた松子も同様であって、松子は「針の蓆にいるようで」「病気勝ちであった」といっている。晩年の春琴も、「大分気が折れて来た」「災禍のため性格を変え」「増上慢を打ち砕」かれた。しかし「結婚を欲しなかつた理由は春琴よりも佐助の方にあつた」とあるように、自然体の対等の結婚は佐助によって拒否された。ために現実の春琴は、佐助が「観念の春琴を喚び起す媒介」としてあるのみとなり、最期は「怏々として楽しまず」五十八歳で世を去った。

それに対して佐助はそれより二十一年長生きして八十三歳まで生きた。そしてその二十一年は決して孤独でなく、前述したように、「いつ死別れたともはつきりした時は指せない」現《うつ》つならぬ世界で、「在りし日の春琴とは全く違つた春琴を作り上げ愈〻鮮かにその姿を見て」生き切ったのである。

松子は前掲の栞の言葉の最後に、この点を鋭く突いている。

思ふに芸術の神に捧げた献身であつて、あくまで女性は仮の姿と見なしてよいのではないか、と振り返つて思ひ到るのである。それはかほどに自己を生かしきつた人は世にも稀と思ふ所以でもある。

春琴も畢竟「仮の姿」であって、「媒介」にすぎなかったということと符合する言葉である。そして谷崎のごとく佐助も「かほどに自己を生かしきつた人は世にも稀」ということができる。ニイチェが「この人を見よ」即ち「この自分を見よ」と豪語したにも似た「自分自身を信じる」気概が、『春琴抄』にこもっているといえようか。

とすると、『春琴抄』は単純に献身の美を描いたと片付けるわけにはいかない。献身の美を、現実を越えて理想にまで、さらにいえば谷崎独自の幻想世界にまで持って行ったからである。

ここで心理学者メラニー・クラインの言葉を想起する。彼女は「羨望と感謝」(15)の中で、「度のすぎた理想化の場合には、理想化へと駆り立てている主たる力は迫害感にある」「理想化は被害的な不安による結果――被害的な不安への防衛である」といっている。

またハンナ・スィーガル『メラニー・クライン入門』[16]の中の「羨望」では、「理想的な対象は、彼にとって自分が所有しているものだと感じるものでなければならなかったばかりでなく、自分がうみ出したものでなければならなかった」といっている。

つまりは岡田督『攻撃性の心理』[17]によれば、過度の理想化による献身は、心理学的にはサディスティックな対象から強迫を受けるのではないかと恐れる裏返し、マゾヒストの防衛バリアということができ、隠湿な攻撃の側面も秘めているという。「サディストはいつでもまた同時にマゾヒスト」「サディズムとマゾヒズムは、対象への愛や想いはなく、自己愛の状態に留まっている」[18]といえるのである。

したがってこの場合の献身は、逆説的に攻撃であり、攻撃が顕在化すると、献身される側はありのままでいることは許されず、献身する人の夢の中で拘束され、おのれを歪められ、自由に行動できない苦痛に陥る。松子は「針の蓆にいるようで」「病気勝ち」で、春琴は「怏々として楽しまず」命を縮めたということになる。

それゆえ『春琴抄』という創作の世界では、完璧な美を求めるあまり自らの眼を突くという、現実では到底考えられぬ自己迫害の佐助が造形される反面、春琴の美を傷つける挙に出ようとする佐助犯人説や、そんな佐助の挙を春琴が甘んじて受けようとする春琴佐助黙契説や、佐助の献身を試そうとする、ということは佐助の献身に反逆するともとれる春琴自害説など、さまざまに取沙汰される陰影が生じてくるのである。そして晩年の春琴はというと気弱になっても泣くことさえ禁じられ、四人の子供を捨てても振り向かれない、非情な位置に聳えていなければならなかった。この作品はそういう献身に潜むマゾヒズム・ナルシシズムも摘出して、その悲劇を底に下塗りしているといえる。

まことの献身は、あるがままの対象をそのまま受け入れて、真実おのれを無にした清濁合わせ呑む献身であろう。そういう意味では佐助の献身は、おのれを無にしたようでありながら、あくまでおのれのあらまほしき姿に対象を祭り上げ、おのれのマゾヒズム・ナルシシズムを満たすための献身であった。夢の春琴を、美の女神としての春琴を追いつづける献身で、自然に溶け合おうとする愛の流れをあえて堰き止め、現実の春琴を置きざりにした献身というべきであろう。

それを谷崎の場合において考えれば次のようにいえる。

谷崎は船場の御寮人松子と出会って以来、松子を手の届かぬ遥かな高嶺の花として仰ぎつづけて来た。その思いが長かっただけに、また切実だっただけに、次第に手を伸ばせば届く距離になって喜びに包まれたとき、逆にいつまでも高嶺の花として仰ぎ見ていたい思い、それなりにマゾヒズムが満たされる思いが、松子をいよいよ掌中にしうるようになって、マゾヒズムも激しくふるえゆらいだ。しかしこの只今にこそ松子をむしろそこに静止させ、献身の美学にまで昇華させる作品に結実させようとしたのではないか。それが松子を「針の蓆の上」においたといえるのではないか。

しかしそういう一面があるとはいうものの、佐助が思慕する人の意を受けて自分の眼に針を突いて盲人になるということは、とうてい常人のなしえぬ非常のことであり、またそうして春琴と盲目世界を共有した果てに、「お師匠様も自分も盲目なればこそ眼あきの知らない幸福」を、「嘗て夢想だもしなかつた三昧境」を描き上げた『春琴抄』は、谷崎が佐助になり切り、松子を春琴になり切らせ、現実に「幸福」を、「三昧境」を体得しようとし、体得した、心魂こめて作り上げたものだけに、かつて何人も思い及ばなかった谷崎独自の未到の境地を切り開いた、傑作中の傑作というべきであろう。同時に一筋縄では片付けられぬ人間の複雑な様相をも、より深層から鋭く抉《えぐ》った重層的な構成の名作というべきだろう。

『春琴抄』発表以来七十年の今日まで、感動と問題性をはらむ所以であると考える。

〈注〉

(1) 河野多恵子『谷崎文学と肯定の欲望』(文藝春秋社・昭51)、野坂昭如「春琴抄」(「國文学」昭53・8)、多田道太郎・安田武『関西――谷崎潤一郎にそって』(筑摩書房・昭56)

(2) 永栄啓伸『谷崎潤一郎試論――母性への視点――』(有精堂・昭63)、初出「『春琴抄』――佐助犯人説私見」(「芸術至上主義文芸」16・昭61・11)

(3) 秦恒平『谷崎潤一郎』(筑摩書房・平1)、初出「春琴自害」(「新潮」平1・1)

(4) 明里千章『谷崎潤一郎自己劇化の文学』(和泉書院・平13)、初出「献身という隠れ蓑――『春琴抄』ノオト」(『金蘭国文』3・平9・3)、藤原智子「『春琴抄』における春琴と佐助の四人の子の役割について」(『日本文藝研究』53―3・平13・12)
(5) 人文書院・平6、初出「『春琴抄』主想副想論――犯人論諸説考――」(『國語國文』平3・5)
(6) 東方出版・平7
(7) 「幼年の記憶」
(8) 「親不孝の思い出」
(9) 谷崎精二「潤一郎追憶記」(文芸読本「谷崎潤一郎」河出書房新社・昭52)
(10) 中央公論社・昭58
(11) 中央公論社・昭45
(12) 思潮社・昭58
(13) 生駒山麓にある石切はでんぼの神様石切神社のある民間信仰の色濃い町であり、生駒山の中腹にある真言律宗大本山宝山寺は、歓喜聖天根本霊場として生駒の神々を代表する庶民信仰のメッカとして有名である。石切に住んだ谷崎は、いやでもそういう雰囲気を身をもって感じたと思われる。
(14) さらに谷崎は、真善美の神よりもより高次の神を感得していたのかもしれない。なぜなら高嶺の花に出会った幸せ、その花を掌中にできた幸せ、そしてそれを名作に仕上げて賞賛されている幸せ、そんな幸せは、ほんとうに神に見放されていたら、めぐりあえないものだから。したがって右の谷崎の言葉は、結局、次のような逆説的感懐が裏にあると思う。「私は神に見放されていない私自身を信じる」と。
(15) 『羨望と感謝』(松本善男訳・『メラニー・クライン著作集5』・誠信書房・平8)
(16) 『メラニー・クライン入門』(岩崎徹也訳・岩崎学術出版社・平9)
(17) 『攻撃性の心理』(ナカニシヤ出版・平13)。次のフロイトの言葉はこの文の前に引用されている。
(18) 『フロイト著作集5』性欲論三篇(懸田克躬他訳・人文書院・昭44)

『春琴抄』の文学碑

平成十二年（二〇〇〇）十月、『春琴抄』の文学碑が、作品の舞台になっている大阪市中央区道《ど》修《しょう》町《まち》に建った。

道修町は地下鉄北浜駅下車、堺筋高麗橋通り角の三越百貨店のすぐ南にある。碑はその道修町の堺筋角を西へ少し入った北側の、神農《しんのう》さん少彦名《すくなひこな》神社参道入口に建てられた。石山寺山系から切り出された身の丈以上の鬼石に、縦長の陶板がはめ込まれ、上段には菊原初子揮毫による「春琴抄の碑」の書と、谷崎潤一郎自筆『春琴抄』原稿冒頭の一節が、下段には私が書いた説明文が記された。市や府の手によってでなく、薬業界及び関係者で構成される道修町資料保存会によって建てられたのである。

昭和六十三年（一九八八）五月十二日付大阪毎日新聞夕刊に、私がその建立を呼びかけてから十二年かかった。「文学碑の意味するもの——『春琴抄』と道修町」と題して、私は次のように書いた。

大阪の郷土を考える「船場を語る会」の集まりで、ミナミの下寺町の寺院を訪ねたとき、数人が春琴の墓を探し始めたので驚いた。谷崎潤一郎の小説『春琴抄』は、冒頭に墓を訪ねるところが出てくるので、誰かが酔狂に建てたのかと半信半疑になった。

むろん春琴は架空の人物だから、そんな墓があるはずはない。が、スペインには、ドン・キホーテの立ち寄った所とか、イギリスでは、シャーロック・ホームズの住んだ部屋とかがあるというから、春琴にもそんなものがあっても面白い。

現在、各地で作家や作品のゆかりのある所に、文学碑やそれに類するものが次々と建てられている。大阪にも西鶴、近松、芭蕉、蕪村、折口信夫、川端康成、三好達治、梶井基次郎、小野十三郎、藤沢桓夫、森本薫、織田作之助などの碑ができている。谷崎潤一郎の『蓼喰ふ蟲』の碑も国立文楽劇場の歩道の側にある。いわば大阪は全国でも有数の〝文学の宝庫〟なのである。

ところが大阪の人は地方の人ほど、それを郷土の誇りにしていない。温故知新、昔のものを大切にして、明日に伝えて行こうという意識が薄い気がする。

「好きやねん大阪」というキャンペーンがテレビなどで喧伝されて、何かというとこのキャッチフレーズを口にするようになっているが、裏返せば大阪という所は全国の人に好かれていないから。えげつない、がめつい、と言われているイメージを、チェンジしようという願いが込められているように思う。

アメニティ（快適さ）を求める時代といわれる昨今、〝花と緑の万博〟が大阪で開かれることは大変結構なことだが、文化の大阪を再建することも忘れてはならない。

かつて心斎橋筋の北寄りには書籍商が軒を並べていた。大阪は出版の盛んな所だった。ところが今は大手出版社の多くが東京に集中してしまっている。諸国の米蔵、天下の台所といわれた大阪の経済的地盤沈下も甚だしいが、文化の地盤沈下はもっと甚だしい。

そういう認識を啓発し、文化都市大阪としてのグレイドを高める方策の一つとして、文学碑の建立が意義を持つと考えるのである。

例えば、川端康成をして「ただ嘆息するばかりの名作で、言葉がない」と言わしめた『春琴抄』の碑を、薬の町として全国的に有名な、神農祭《しんのうさん》でも親しまれている道修町に建ててはどうか。「春琴、ほんたうの名は鵙屋《もずや》琴、大阪道修町の薬種商の生れ」で始まる『春琴抄』は、幕末から明治にかけての時代を背景にしている。その頃を偲ぶに足る奥行きの深い通り庭（通路）や前栽《せんざい》がある商家や蔵の並ぶ古い道修町が、半分くらいは堺筋から西は戦災を免れて、高度経済成長期を迎えるまで残っていた。

それが昨今は、実利先行でどんどんビル化され、「好きやねん道修町」運動を起こさねばならないような、個性の乏しい雑居町になって来た。せめて『春琴抄』の文学碑を建てることによって、この町を訪れる人のレトロ気分をつなぎとめ、好かれる道修町としてのイメージアップをはかってはどうだろう。

それもドン・キホーテやシャーロック・ホームズの向こうを張って、「春琴生家跡の碑」といった表題で、「春琴の生れし薬種商鵙屋この辺にありしと伝ふ…」とでも碑文に刻んでおけば、大阪人のとぼけたユーモアが漂い面白い。さらに虫籠窓《むしこ》と大阪格子を連ねた商家の絵が彫られていれば言うことはない。

一九九×年のある日、

「あれ？　こんな所に『春琴抄』の碑があるやないか。春琴がここで生まれたってほんとう？」

「さすが薬の町や、クスリと笑わせるなあ」

「きれいな絵が彫られてるよ。『春琴抄』の頃の道修町は、こんな商家や蔵の薬種問屋が軒を並べていたんやな」

と、こんなふうな会話が交わされるのを夢想している。

私は道修町の薬種卸商の息子に生まれた。『堀辰雄の実像』を上梓して、今度は地の利を生かして何かできるのではないかと『春琴抄』に取組み出したところだった。まだ世間の人と同じく春琴の生家の鵙屋のモデルが、どこかの店にあるのでないかと半信半疑でいた。こんな碑文を書けば春琴は実在の人物ととられかねないが、むしろそんな錯覚をあおることを楽しむ気持もあった。

翌平成元年六月十五日付の大阪日本経済新聞「関西トレンディ」欄で、道修町が「東へなびく大手ののれん／中小の老舗情報で対抗」の見出しで採り上げられたときも取材されて、こんなことを書いてくれた。

「戦前は、通りに荷馬車と肩引き車がごった返していた。今は個性がなくなって、本拠を道修町に置く意義も薄れてきた」

道修町の和漢薬商に生まれ育ち、現在月刊誌「ＳＥＭＢＡ」に「好きやねん道修町」を連載している三島佑一・四天王寺国際仏教大教授（61）はこう話す。

三島教授は「春琴抄の碑を道修町に建てたらどうか」と提案する。道修町をより身近な存在とするためには、だれもが春琴抄＝道修町と連想できるようなシンボルが必要だ。たとえ小さな文学碑でも町おこしが可能ではないかというのが教授の考えだ。

大手企業の東京シフトと中堅・中小企業の情報化戦略、そして国際化の波。薬の街でありながら生薬のにおいが消え、[1]かざ無うなった道修町は町おこしの特効薬を求めて模索を続ける。

次いで翌平成二年二月の「オール関西」道修町特集では、「文学碑や史碑のある町に」と題して、道修町は、子規の門人で俳人の店主青木月斗や嶋道素石、与謝野晶子・山川登美子と共著『恋衣』を出した増田順血湯の増田雅子、高安病院一族の劇作家高安月郊や劇評家高安六郎、歌人高安やす子や高安国世らを生み、戯曲「道修町」を書いた菊田一夫、飛行機発明の二宮忠八、サントリー創始者の鳥居信治郎、アサヒビール初代社長山本為三郎、といった人たちを世に送っている(2)。そんなことを文学碑や史碑を立てて、もっと知ってもらいたいといったあとで、『春琴抄』についてこう書いた。

道修町の人々は谷崎の創造した春琴像によって、船場のいとはんのイメージが甚だしく損われたと不快に思っているようである。確かに誤解されている点は大きい。けれどもそこは船場商人の度量の広さを見せて、作品の高さをたたえる意味からも考えてよいのではないか。

道修町は何も小売業でないから、そんなことをして知られる必要はないという意見もあろう。が、そこは商売から離れて、類のない幅の広い、奥行の深いこの町の遺産や伝統を記録して、後世に伝えるという高い視野に立ち、金儲けばかりでない船場商人、特に道修町商人の志の高さを示してほしいものと思う。

さらに翌平成三年六月からの郷土誌「大阪人」六回シリーズのエッセイ欄「大阪弁」の一回に「春琴抄の碑」と題して、最後をこんなふうにしめくくった。

日常生活をまず創作しようとする作品世界に創作してかかる一徹さ、――松子夫人と一緒に食事せずお給仕として控え、自身が佐助になり切って仕える、――そういう作者のすさまじい打ち込みよう、ひたすらな真情が、作品を通して読者に伝わるから、読者は感動し、名作として時代を越えて評価されるのである。

商人が真心をこめて商品を作り、販売する。その一途《いちず》な精神が根底になって信用を博し、店が大きく末長く栄えるのと原理は同じである。

文学は直接に実生活に役立たないかもしれないが、武者小路実篤も言っているように、人情の機微にふれ、自分が経験しないことまで経験したような気になり、他人のことを自分のように感じさせてくれる。

文学碑の建立は、単に郷土に厚みをもって見る目を養うだけでなく、文学を通してそういう人間としての包容力をも、身につける動機を提供するものではなかろうか。

四年つづけてアピールする機会はあったが、特に反響はなかった。ちょっと道修町で話題になったが、沙汰やみになったとも聞いた。私は道修町で生まれ育ったものの、商売を嫌って道修町を飛び出た人間である。ただ平成二年に『船場道修町――薬・商い・学の町』を人文書院から出してそこでもふれ、新聞各紙に採り上げられて版を重ねたので、道修町で少しは知られるようになってはいた。

一方道修町には、明暦四年（一六五八）以来の古文書が、大塩平八郎の乱にも、空襲にも難を逃れて残っていた。これを整理、保存、公開しようという動きが平成二年頃から出て、七年後の平成九年十月、くすりの道修町資料館がオープンした。そしてそれに付随して神農祭の宵宮の十一月二十二日に、道修町文化講演会が開かれることになった。その四回め、資料館開館の前年の平成八年に講師に呼ばれ、「戦前の道修町――暮らしと文化」と題して話した。その時も「春琴抄の碑建立」を呼びかけた。

折から集英幼稚園、小学校と同級だった藤沢薬品工業の御曹子元社長の藤澤友吉郎氏が、終身制の薬祖講長、及び道修町資料保存会会長に選ばれた。古来道修町は武長《たけちょう》さん（武田薬品工業の前身武田長兵衛商店の歴代当主を道修町ではこう言っていた）の鶴の一声で動くといわれていた。そのポストに彼がなったのである。

そこで、資料館は入場無料だが、建てたからには多くの人が来てくれるのが望ましい。「春琴抄の碑」を建てたら、より広い層の人が来てくれるよといったことから、急に話が具体化した。

私も大学で毎年のように『春琴抄』の文献講読演習を持っていて、平成六年に『谷崎潤一郎『春琴抄』の謎』、翌年に『谷崎・春琴なぞ語り』を上梓した。

そしてモデルは道修町にはない。春琴のモデルは妻松子と母だ、『春琴抄』は自作の最高の私小説「愛の書」だ、という結論に達し帯書にも記したので、上段に谷崎潤一郎『春琴抄』冒頭自筆原稿複製をおき、下段に次のような説明文を書くことにした。

『春琴抄』（昭和八年・一九三三）は、谷崎潤一郎が道修町を舞台に借りて、松子夫人に対する思慕を、架空の人物――幼時に失明した琴三絃の天才春琴と、彼女に献身的に仕える佐助に託して創作した、日本近代文学史上屈指の名作である。

　菊原初子師は、谷崎邸への出稽古に、父菊原琴治検校の手を引いて行った。その父娘のことが、作品に生かされているという。当年百一歳、地唄箏曲の人間国宝で、かつて一丁北の伏見町から、集英（現開平）小学校に通った人である。

少彦名神社・くすりの道修町資料館
春琴抄の碑は右手入口にある

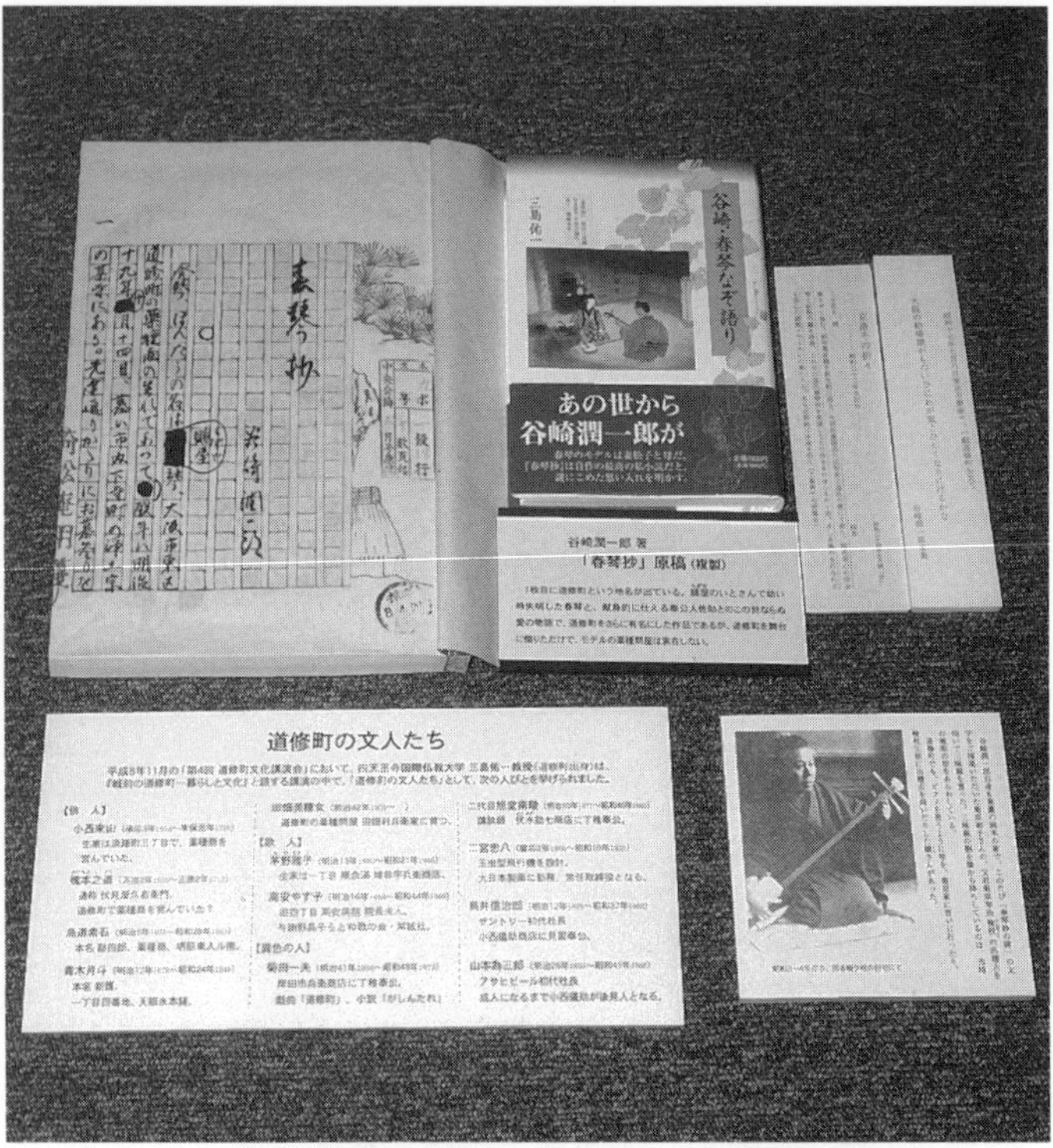

くすりの道修町資料館文人コーナー常設展示
（山田文一氏撮影）

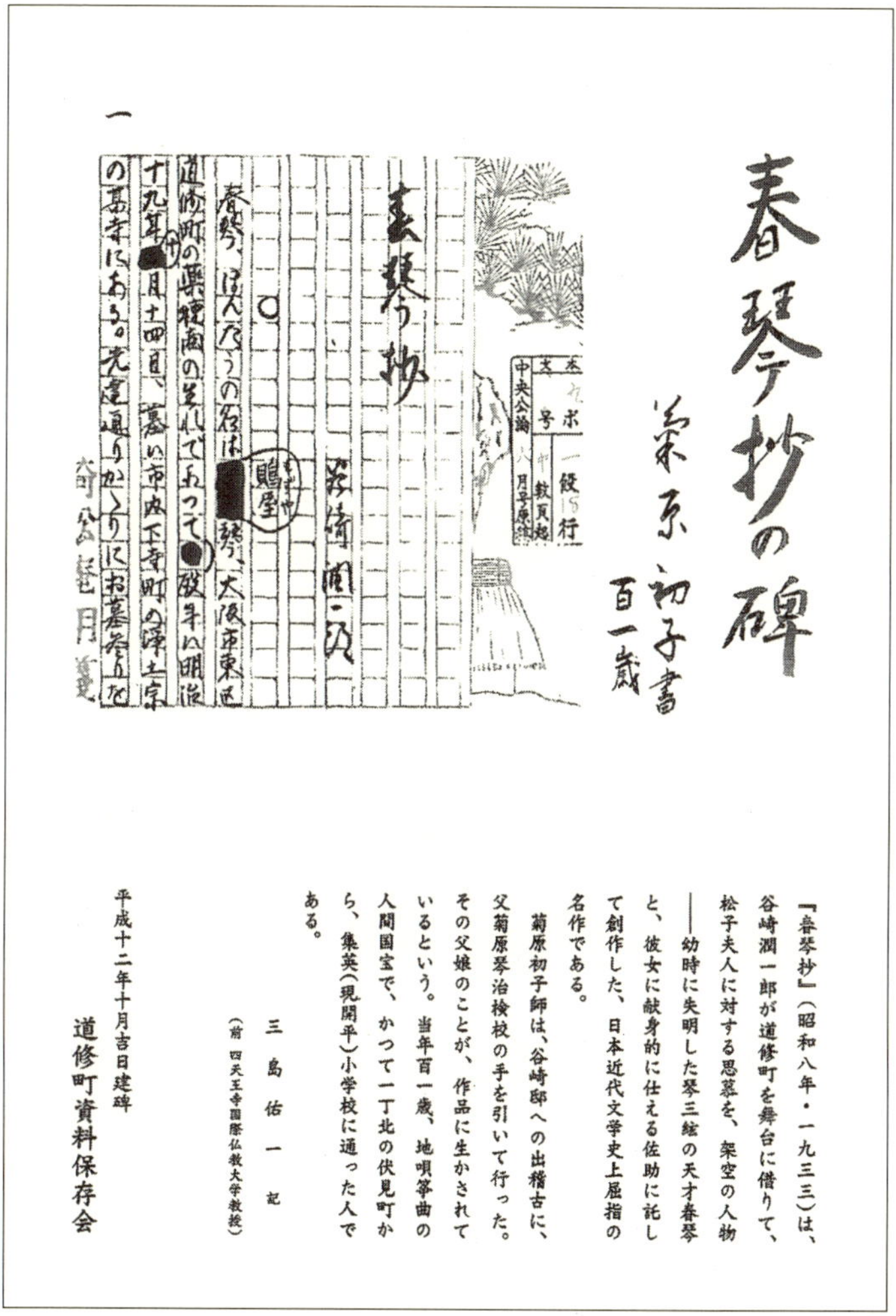
春琴抄の碑
菊原初子書
百一歳
春琴抄
谷崎潤一郎
○
春琴、ほんたうの名は[redacted]鵙屋《もずや》琴、大阪市東区道修町の薬種商の生れで歿年は明治十九年[redacted]十月十四日、墓は市内下寺町の浄土宗の某寺にある。先達通りかゝりにお墓参りをした
『春琴抄』（昭和八年・一九三三）は、谷崎潤一郎が道修町を舞台に借りて、松子夫人に対する思慕を、架空の人物——幼時に失明した琴三絃の天才春琴と、彼女に献身的に仕える佐助に託して創作した、日本近代文学史上屈指の名作である。
菊原初子師は、谷崎邸への出稽古に、父菊原琴治検校の手を引いて行った。その父娘のことが、作品に生かされているという。当年百一歳、地唄箏曲の人間国宝で、かつて一丁北の伏見町から、集英（現開平）小学校に通った人である。
三島佑一　記
（前　四天王寺国際仏教大学教授）
平成十二年十月吉日建碑
道修町資料保存会

『春琴抄』の文学碑面（陶版）

通り一辺の説明文ではモデル探しをされる。そこで「舞台に借りて」「架空の人物」「に託して創作した」と、くどいほどフィクションであることを強調した。

谷崎が「鵙屋春琴伝」という古文書が実際あるように見せかけ、春琴・佐助の生没年月日を明記し、同時代の豊沢団平や天龍寺の峩山和尚といった実在人物が、架空の人物春琴・佐助のことについて実在人物のように批評するという大胆な設定をし、さらに「作者は『私の見た大阪及び大阪人』と題する篇中に大阪人のつましい生活振りを論じ」と谷崎の書いたエッセイの題名をそのまま挙げ、「嘗て佐藤春夫が云つたことに」と谷崎の妻千代の細君譲渡事件で密接な関係にある有名な友人の名前を挙げ、「本年〔昭和八年〕二月十二日の大阪朝日新聞日曜のページに『人形浄瑠璃の血まみれ修業』と題して小倉敬二君が書いてゐる記事を見るに」と君づけして親しい新聞記者名を挙げるなどして、語り手の「私」は作者谷崎潤一郎のほか考えられない設定にして、「本当らしく本当らしく」書いている。出稽古に行った菊原琴治検校父娘も、下寺町の寺まで春琴・佐助の墓を探しに行ったという。今でもそんな人が絶えないのである。

したがって尋常の書き方では弱いと判断した。そしてこれまた大阪毎日新聞平成十二年十二月一日付の文化欄に、「谷崎潤一郎『春琴抄』の文学碑　大阪・道修町の文化の顔に」と題して、次のような一文を草した。

去る十月十日、谷崎潤一郎『春琴抄』の文学碑が、「薬の町」で知られる大阪市中央区道修町の神農さん・少彦名神社参道入口に建立され、除幕式が行われた。約五〇〇の医薬品会社や関係者でつくる「道修町資料保存会」が、「道修町の文化の顔を残そう」と建立したものである。

『春琴抄』は、川端康成が「ただ嘆息するばかりの名作で、言葉がない」と絶賛した、日本近代文学史上屈指の名作である。発表当時大変な反響を呼び、今日までに五回映画化され、二十回以上も演劇で上演された。道修町の薬種問屋の鵙屋に奉公した佐助が、その家の娘で盲目の琴三絃の天才、春琴を崇拝し、思慕し、ひたすら仕える、この世のものとも思えぬ男女の愛を描いた作品である。それで私は、折あるごとに道修町に『春琴抄』の文学碑を建ててはどうかと言って来た。

春琴・佐助は生没年月日が明記され、豊沢団平や天龍寺の峩山和尚という実在の人物が二人を評した言葉まで書かれているので、寺町に墓を探す人が出たり、鵙屋はどの店かとうわさが飛んだりする。しかも春琴は気ままで激しい気性に描かれているので、道修町の人は「そんな嬢《とう》さんは船場にはおりまへん」と迷惑がる。そんなことで、建碑の話は容易には進まなかった。

だが、谷崎は七代続いた鵙屋を権威づけるために、全国的に有名で歴史の古い道修町を舞台に借りたに過ぎない。その証拠に、ごった返した薬問屋の様子は一言も描かれていない。春琴・佐助は、谷崎が妻となった根津松子に対する思慕を、二人に託して創作した架空の人物であり、春琴は谷崎にとって理想の女性像である。私は「春琴抄の碑」にこの点を要約した碑文を記した。「道修町が舞台に選ばれたことを名誉と考えてほしい。春琴がどの店の娘か詮索するのは無意味である」との思いを込めた。

ともあれ道修町の業界の手で、ビジネスに縁がなく顕彰碑でもない、むしろ今まで忌避されてきた作品の文学碑が建てられたのは、異例のことと言えるだろう。

そもそも薬は生命にかかわるものだからと、道修町では和漢薬の神様、中国の薬祖神「神農氏」と、日本の薬祖神「少彦名命」両方を祭り、十一月二十二、三日の祭日は「神農祭《さん》」、社名は「少彦名神社」と呼んで、町の心の支えとしている。古くから国際的親善的でもあるのからして珍しい。

そのうえ三百四十年前からの古文書が、大塩の乱にも空襲の戦火からも免れてあったので、一九九七年「くすりの道修町資料館」を業界の手で設立し、展示し、維持しているのも極めて珍しいことである。

さらにうれしいのは、今年百一歳になる地歌箏曲の人間国宝、菊原初子さんから「春琴抄の碑」の揮毫をいただいたことである。[3] 船場伏見町育ちの初子さんは昔、父菊原琴治検校の手を引いて神戸・岡本の谷崎邸へ出稽古に行った。その父娘のことが作品に生かされているという。今

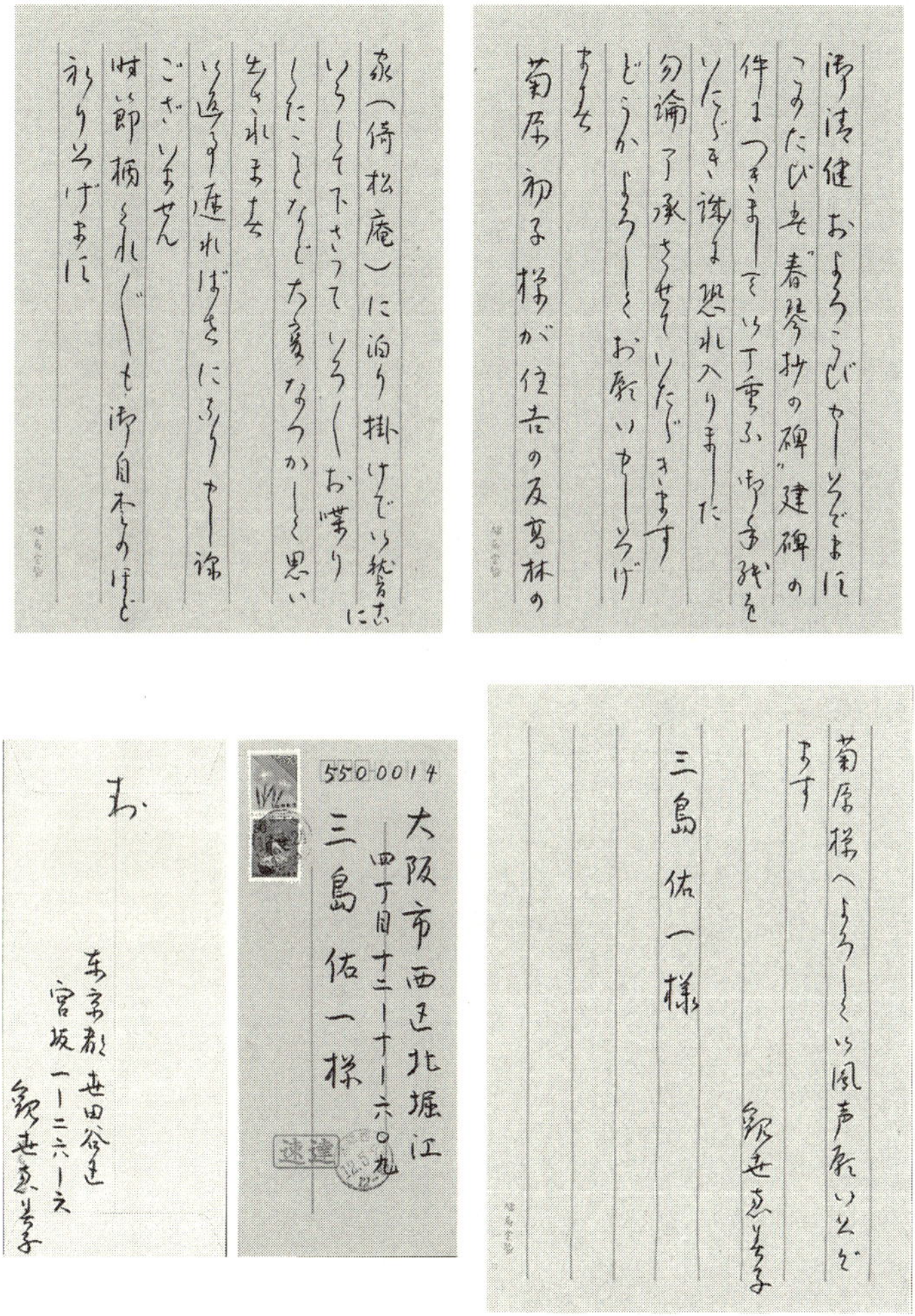
御清健およろこびもうしあげます
このたびは春琴抄の碑建碑の
件につきましては御丁重な御手紙を
いただき誠に恐れ入りました
勿論了承させていただきます
どうかよろしくお願いもうしあげ
ます
菊原初子様が住吉の反高林の
家（倚松庵）に泊り掛けで松子に
いらして下さっていろいろお喋り
したことなどたいへんなつかしく思い
出されます
いろいろ遅ればせになりまして申し訳
ございません
時節柄くれぐれも御自愛のほど
祈り上げます
菊原様へよろしく御鳳声願いあげ
ます
観世恵美子
三島佑一様
550-0014
大阪市西区北堀江
四丁目十二-十一-六〇九
三島佑一様
速達
〆
東京都世田谷区
宮坂一-二六-一九
観世恵美子

観世恵美子様よりの封筒と巻紙

回、資料館の文人コーナーでは来年の三月まで、初子さん筆の美しい短冊や、若いころの写真などを展示している。(4)

十二年前の本紙に、私は「文学碑の意味するもの」と題して、文化都市大阪のグレードを高めるためにも、春琴抄の碑の建立をと提案する一文を書き、その末尾をこう結んだ。

と、前掲の数行を引用してつづけこう締めくくった。

実際の碑面には、絵の代わりに『春琴抄』冒頭の自筆原稿が陶板に印刷されてあり、堺筋角には、旧小西儀助商店の堂々たる商家の構えが保存され、往時の一端をしのばせてくれている。

ところでこの文学碑の説明文を読んで、「何や、春琴は道修町の人やなかったのか」と驚く人が多いと聞いて、やはり通りいっぺんの説明文では、無意味なモデル探しに火をつけたと思った。この説明文を書くのに十人くらいの人に相談し、字の配列、氏名が二行に分かれぬように、前半の文が主であるので、少しでも後半の文より字数が多いようにと神経を使った。

ただ今にして後悔することは、『谷崎・春琴なぞ語り』の帯書に、前記のように彼の母親も含めて「最高の私小説」と表現したのに、単純化した方がわかりやすいかと思って「母」を省いてしまったことである。

文字の配列がうまく収まったこともあったが、それはまたどうにでもなったであろう。春琴・佐助の距離を大きくして春琴を理想化したことを理解してもらうためには、春琴に松子のみならず母親も重ねた方が説得力を持つはずである。もう少しよく考えればよかった。

ともあれ、この「春琴抄の碑」の存在によって、少しでも『春琴抄』が読み返され、ささやかながら道修町の文化の顔を、さらには大阪の文化の顔を、知っていただければと願ってやまない。

〈注〉

（1）かざ＝香、におい。古い大阪ことば。

（2）菊田一夫＝薬種問屋岸田市兵衛商店に丁稚奉公した。
二宮忠八＝飛行機のエンジンの製作費を作るため現在の大日本製薬に勤め重役になった。
鳥居信治郎＝明治初年に洋酒の国産を試みた小西儀助商店に見習奉公した。
山本為三郎＝明治初年に朝日麦酒製造を試みた小西儀助商店店主が後見人になった。

（3）何枚か書いていただいたが他は弱々しく、かつての流麗な筆づかいではないことが惜しまれてならない。しかしこの後、筆を持つことさえかなわなくなり、翌平成十三年亡くなられたから、これが貴重な絶筆となった。

（4）文人コーナーや特別展示など約半分は、半年に一度展示替えをしている。この展示は平成十二年十月から翌年三月まで行なっていた。

『細雪』の船場

一　東京下町の理想郷・船場

『細雪』が生まれる前提には、まず谷崎の並々ならぬ船場への傾倒がある。関東大震災によって大阪へ逃れて来て谷崎が見たもの、惹《ひ》かれたものは何であったか。

彼は『東京をおもふ』（昭和九）の中で書いている。

私は船場や島の内あたりを歩いて、小ぢんまりした格子作りのしまうた家だの、昔風な土蔵作りの老舗の前を通つたりすると、昔の日本橋の町の様子や小学校時代の友達の家などを思ひ浮かべるのである

事実、彼の生まれ育った東京日本橋の蠣殻町《かきがらちょう》や南茅場町《かやばちょう》一帯が、日本橋川、隅田川、箱崎川、亀嶋川、楓《もみじ》川などの川筋に近いのは、北船場が北は堂島川と土佐堀川に挟まれた中之島を控え、東は

東横堀川に、西は西横堀川に囲まれていたのに似ている。その上彼自身の店は、相場の情報紙の編集印刷を手掛けたほど、株取引の兜町に近い。これも北に証券取引所があり、証券会社の櫛比する北浜を控えていた船場と似ている。

彼は『幼少時代』の中で、「私の家の近所では、同じ町内の明徳稲荷、亀嶋町の純子《じゆんこ》稲荷、蠣殻町の銀杏《いちやう》八幡、人形町の水天宮などで、毎月それ〴〵に一度はお神楽が奏せられた」と述べ、そこでは茶番狂言（大阪の仁輪加《にわか》に似たもの）が演ぜられる所もあったといっている。

これも船場には、北には平野町、南には順慶町に夜店が出ることで有名で、かつて桂春団治が後家殺しといわれた舞台の此花館という寄席があり、御霊文楽のあった御霊《ごりよう》神社、せともの町の陶器神社と背中合せの坐摩神社、神農さんで親しまれている道修町《どしようまち》の薬祖神少彦名神社、稲荷文楽のあった難波神社、それに北御堂（西本願寺）、南御堂（東本願寺）、中之島を越えると天満宮があり、その裏には芝居小屋が密集していたことに似ている。妾宅や隠し宿や音曲師などが軒を並べていた浮世小路《うきよしょうじ》(1)や、隠居町といわれた伏見町(2)など、谷崎の郷愁を誘うに難くない通りもある。

船場の南の島之内にしても、東西は両横堀川、北は長堀川、南は道頓堀川に囲まれ、殊に道頓堀界隈は、歌舞伎や文楽など芝居興行を演ずる五座が軒を連ね、谷崎が『幼少時代』で鮮烈に脳裏にとどめ、事細かに述べている明治座での「義経千本桜」や歌舞伎座での「和田合戦女舞鶴」などの思い出をよみがえらせるのに格好の地といえる。

『幼少時代』によると、彼の祖父の興した谷崎活版所は活況を極め、家付娘であった母の話では、「明治の初年、まだ鉄道が途中までしか開通してゐなかつた時代に、彼女の父だの姉だのと人力車を連ねて、箱根や、江の嶋鎌倉や、伊香保などへ遊山に出かけたことがあるとか、その時代には必要なだけの人力車を、東京から雇つて泊りがけで連れて歩いたものであるとか」「月々の芝居狂言などは欠かしたことがなかつた」ということで、その繁栄ぶりは、彼が小学校の低学年の頃までつづいたことが記されている。例えば、

明治廿三年の、恐らくは六月十日であつた。と云ふのは、その日が祖父久右衛門の三回忌に当つてゐたので、私たちの一家は数十台の俥を連ねて猿江の寺へ法要を営みに行き、帰りに柳橋の亀《かめ》清《せい》で盛大な宴を開いた。(中略)私は柳橋を出て蠣殻町へ帰る途々、俥の上で母の膝に腰かけながら時々後を振り返つて見ると、人力車が何台も〳〵次の横丁の角を曲つて見えなくなるまで続き、出入りの棟梁や鳶職や職人共が、酔つ払つて俥から転げ落ちさうになりながらぞろ〳〵つながつて来てゐるのを、

「あら、まだ続いてる、まだ続いてる」

と、母と顔を見合せて面白がつたことを覚えてゐる。

その他、「私は、母と一緒に南茅場町の家から、胸をわくわくさせながら築地の方角へ人力車を走らせた当時の心境を思ひ出す」とか、「芝居が跳《は》ねて再び俥で帰る時」とか、船場の豪商に匹敵するような裕福な暮らしぶりを描いている。

しかしその後は、養子に来た彼の父の商才のなさによって、窮乏の一途をたどって行く。「もう一度昔の乳母《おんば》日傘《ひがさ》で暮らした時代に返りたいと云ふ念が、いつも心の何処かしらに潜んでゐた」「貧乏はつく〴〵嫌」と『幼少時代』に書いているほど、大げさにいえば天国から地獄へ転落したといっていい辛酸を味わった。そしてそれゆえにこそ、逆に花は桜、魚は鯛と、一流を好むブルジョア志向が根強く培われ、それは『細雪』に結集して、悠然と趣味に遊ぶ今様源氏物語を、戦火を逃れながらも敢然と書きつづける原動力となった。

船場は彼を幼少時代へ連れ戻す郷愁を搔き立て、幼少時代の裕福だった時代をいやが上にも喚起させたのである。それを『細雪』に定着することによって、迫りくる戦雲の嵐を外に置き、優雅だった一昔前の平和を生き抜いたといえる。

さらにそこに船場ことばが加わる。船場は豊臣・徳川の時代、伏見からも商人を呼んで作った町であったから、京都御所に出入りした伏見商人の言葉が入って来ている。したがって船場ことばには、微妙に京都の御所言葉の上品な響がある。

店主を「旦《だん》さん」、店主の妻を「御寮人《ごりょん》さん」、息子を「ぼんぼん」、娘を「いとさん」、転じて「とうさん」、末娘を「小《こ》いさん」と呼ぶ、武家社会の殿様や奥方や姫御前に匹敵する商家独特の呼称、――「べらんめえ」口調の下町で育った江戸っ子の谷崎には、この船場の大店《おおだな》のことばのかもし出す優婉典雅な雰囲気が耳に快かったに違いない。殊に「こいさん」という呼び方には格別の愛着を持ったらしく『細雪』にはもちろん『春琴抄』でも、末娘でない春琴にも「こいさん」を使っている。

それらは同じ船場の綿布問屋でも、桁違いに突出した豪商根津商店の御寮人松子との出会いによって最高潮に吹き上げられた。

大阪の人は、山崎豊子の『船場狂い』にあるように、船場の人といわれたいために、必死になって川向うの船場に住もうとした。北は中之島の南を流れる土佐堀川、東は東横堀川、南は長堀川、西は西横堀川に囲まれた、御寮人さん、ぼんぼん、とうさんの船場にあこがれた。

まして市の中心は広大な武家屋敷で占められ、町人はその片隅で肩を寄せ合うように住んでいた江戸・東京、山の手に対して下町は「敗残の江戸つ児」が多いと語り、ほかならぬ父親にそれを見る谷崎には、町人天下の大阪船場の、大店の中でも大店の根津商店の御寮人松子の存在は、武家の奥方の守護にあたる家来のように、仰ぎ見られたに違いない。かつて祖父がひそかに聖母マリアを信仰していた、幼少の彼はその後ろで手をあわせていた、そんな高貴な聖なる女性に対する憧憬をよびさまされたに相違ない。

特に彼の場合には、『女の顔』の中で、「崇高と云へば、何かそこに永遠なものが含まれて居べきだと思ひます。私は空想の中で屢〻亡くなつた母の姿を浮かべます」といっているように、光源氏が亡母桐壺更衣を思い描くような思慕が根底にある。したがってその思慕が御寮人根津松子と重なって、いわば桐壺更衣と生き写しといわれた藤壺女御のごとき存在になって、永遠の女性を仰ぐようにまぶしく望まれたのではなかろうか。

それとこれとの接点に立って、谷崎は郷土の大阪の人間が抱かぬような独自のみずみずしい意識で、松子御寮人に距離を置いて接し、彼ならでは生まれぬ高貴な憧憬を作品の中に結晶させた。

換言すればそれらの作品は、もと武家屋敷で占められた山の手に対する下町のコンプレックスを基調とし、上方の風土や気質や、歴史の厚みや風俗の優雅さへの傾倒から増幅された、裕福な船場の御寮人に対する異常な思慕の産物といえるであろう。

しかも彼は、たまたま円本ブームで莫大な印税が入るや、中国風・和風・洋風折衷の凝りに凝った家を岡本梅ノ谷に建て、電気風呂まで設ける。と思うと、たちまち高額の電気代と税金で維持できなくなって売りに出す破目に陥る。しかもなかなか売れなくて、加算税がふくらむや、夏は船場商人の愛用する半袖半膝の簡易服で通し、貧苦も炎熱も恐るるに足らず、「心の虚飾や見えや浅はかな偉りが除かれて、急に精神が自由の天地に潤歩し出したのを覚えた」とうそぶく。借金していると知れたらたちまち警戒され、取引してもらえなくなると厳に戒められた船場商人の生き方に対し、出版社から前借り前借りをして、阪神間に住んだ二十余年間だけでも宿替え十三回という型破りな引越しをし、それは生活環境を変えることによって作品世界を創造するのが第一の眼目とはいえ、そのたび調度品など売払って、制作中の作品に合った雰囲気に一新して訪れる者を驚かせたほど。これも大金が入っても成金と見られることを嫌う、「良賈《こ》は深く蔵す」「物は使えるまで使え」を信条とした船場商人に反した、宵越しの金は持つなの江戸っ児の生き方、考えてみれば谷崎流の地獄を知った人の、今を最大限に生き切る生き方ともいえる。

つまり彼は関西へ来て、関西の美や趣味を追う女の世界に心酔しながら、船場商人が遵守した始末倹約、華美を嫌い派手を慎しむ男の世界は見向きもせず、関西にあって関西人気質を逆なでする、生来の江戸っ児気質で生き抜いたのである。

戦時中、配給制の物資欠乏の非常時、統制経済に拘束され、戦局に一喜一憂し、多く資産を焼失させた船場商人に対し、谷崎は岡山の山奥に難を逃れ、平和な一時代前に思いを馳せ、四季折々を楽しみ、趣味に励む、御寮人さん、とうさん、こいさんの優雅な『細雪』の作品世界の創作に生きたのである。

二　船場の女世界の植民地・芦屋

『細雪』の舞台は芦屋であって、船場ではない。船場にあった蒔岡商店が船場から引揚げてしまった後から話は始まる。「店の暖簾を、蒔岡家からは家来筋に当る同業の男に譲り」とあるから、蒔岡商店の看板は経営者が変っても船場に残ってあるはずだが、そのことには一言もふれていない。したがって船場はないのと同然である。

ではどこに船場があるのかといえば、船場の商家の店の庭の奥の暖簾をくぐって上り框から上の女の世界を芦屋に移して、そこでの居宅《いたく》の生活が描かれているのである。芦屋の中で船場に固執し、船場の城を守ろうとするいわば植民地物語として、船場が語られているのである。

第一次世界大戦で、ぬれ手に粟同然の経済成長を遂げた日本、殊に商業都市大阪は未曾有の活況を呈した。が、反面煙の都を現出し、市中の生活環境は悪くなった。それに道路は人や荷馬車や肩引き車や荷台付三輪車があふれて狭くなり、軒切り（道路拡幅工事）が行なわれ、職住同居の店＝家が縮小された。そこで家族の住む居宅を最初は横町《よこまち》へ、それから次第に船場から離れた上町台地や帝塚山《てづかやま》へ、さらに煙の都を逃れて郊外の芦屋や夙川《しゅくがわ》や仁川《にかわ》へ移す、そこの居宅は広いので別荘といったが、職住分離——店と家族の住居の分離を促進した。

『細雪』の頃の国鉄芦屋駅
（橋本元男氏撮影　1940年９月23日）

蒔岡商店も上町台地の上本町九丁目にある閑静で広大な居宅に家族が転居する。しかしその居宅も、本家の主人辰雄が東京転勤によって引払うことになり、舞台は分家の貞之助が都塵を離れて居宅を持った芦屋に移る。蒔岡家にとって船場は分家の事務所が今橋にあることによって、かろうじて命脈を保っているが、そこで雇用しているのはもはや住込みの丁稚でも女中でもなく通いの事務員である。『細雪』における船場は、かつてそこで育まれた船場ことばをバックミュージックとして、御寮人《ごりょん》さんやいとさんこいさんの生活習慣や風習を、芦屋の舞台へ移してそこで演じている格好になっている。蒔岡家は船場で格式ある旧家であったという残影を笠に着るだけで、船場の男の世界の雑音を強引に遮断し、徹底して女の世界だけの芦屋の別天地に舞台を設定するのである。

これはすべて次のような無理な人事に端を発している。

いつたい辰雄は銀行家の悴《せがれ》で、自分も養子に来る迄は大阪の或る銀行に勤めてゐたのであり、養子の家業を受け継いでからも実際の仕事は養父や番頭がしてゐたやうなものであつた。そして養父の死後、義妹たちや親戚などの反対を押し切つて、まだ何とか踏ん張れば維持出来たかも知れなかつた店の暖簾を、蒔岡家からは家来筋(3)に当る同業の男に譲り、自分は又もとの銀行員になつた。それと云ふのは、派手好きな養父と違ひ、堅実一方で臆病でさへある自分の性質が、経営難と闘ひつゝ、不馴れな家業を再興するのに不向きなことを考へ、より安全な道を選んだ結果で、当人にすれば養子たる身の責任を重んじたからこその処置なのであるが、雪子は昔を恋ふるあまり、さう云ふ義兄の行動を心の中で物足りなく思ひ、亡くなつた父もきつと自分と同様に感じて、草葉の蔭から義兄を批難してゐるであらうと思つてゐた。

まず蒔岡商店の跡継ぎとして長女鶴子の婿養子に入った辰雄が学校出で、しかも卒業後すでに数年も銀行勤めをして来た三十すぎの男であることである。こんな養子をもらうことは考えられない話。大正十二年のことで、蒔岡商店が旧家で老舗である上に養父が派手好きとあれば、大学出の採用は、最初の明治末年頃は、企業のイメージアップをはかる意味合いが強かったから、もっと早く流行に遅れじと新卒と同時に採用しているはずで、店で使ってこの男ならと思う人材を考えるのが常道である。事実辰雄は「養子の家業を受け継いでからも実際の仕事は養父や番頭がしてゐたやうなもの」とある。当然の話でそれを黙認する養父も養父、第一「臆病でさへある」「経営難と闘ひつ、不馴れな家業を再興するのに不向きな」男であることは見抜けたはずだし、辰雄も辰雄で、暖簾を継ぐために来た「養子たる身の責任」が全然ない。

船場では古くから船場学校といって、丁稚奉公や見習奉公をして商売のコツや得意先との応対の要領を学ぶ、地方から来た者は大阪弁が板につくようにする、顔を売って仲間うちの信用を得る、そんな勉強をするのが商売には何よりも大事と考えられてきた。その船場学校に辰雄は十年以上も遅れて中途入学して来たのであるから、非常な努力をしないと店の者ともうまくやって行けない。船場にとけ込んで行けない。

店の者、特に番頭連中は、あわよくば見込まれて娘《とう》さんと一緒になって跡継ぎにと思っていたのに、船場学校とは無縁のよそ者、理屈ばかりが先行する学校出が入って来て頭を押えられては面白いはずがない。したがって番頭まかせにしておいたのでは、やる気をなくして勝手なことをしかねない。武士社会の家来のようにタテ社会の上下関係がそんなに厳然としていないのである。養父はやっ気になって店の者とうまくやって行けるように辰雄を仕込まなければ、先が危いのは目に見えている。

ふしぎなのはそういう「臆病で」「経営難と闘ひつ、不馴れな家業を再興するのに不向きな」辰雄が、いったん銀行をやめて銀行家としての戦列を離脱しながら、また銀行界に舞い戻って、そのうえ東京の支店長に栄転している点である。よほど能力があると見込まれての抜擢と考えられるが、とすると蒔岡商店の再興もできるはずで、それとこれとは矛盾する。

他に考えられるのは縁故による人事で、能力より財産や学閥や血縁が優先したということ。とすれば蒔岡家の婿養子も同様で、悪くいえば辰雄は蒔岡家の暖簾に目がくらんだのかということにもなる。ところで辰雄の人選も納得できないところへ、分家の貞之助のそれも奇妙である。

次女の幸子にも、大正十四年店主が亡くなる直前に、これまた計理士という、やはり学校出のそれも三十すぎの貞之助を分家に据えている。「義妹たち」の中にはこの幸子も入っているから、本家が跡を継がないなら分家が継ぐといえばいいのに他人事のように反対だけしかできないのは、それ用の養子をもらっていないからである。

辰雄を養子にもらって二年後のことで、辰雄に才覚がないと判断できたであろうから、次女の幸子の養子も蒔岡商店の暖簾を補強するための人を選ぶべきなのに、その配慮が全くなされていない。同様のことは三女の雪子にもいえるのであって、感傷的に批難していることはないのである。自分がしかるべき養子を、船場学校で商売の勉強を実地にして来た番頭を選んで跡を継ぐと宣言すれば、船場には主家の跡取りが若いので、別家独立を延ばして店のために働いた律儀で情に厚い番頭の美談はいくらもある。蒔岡家のような旧家ともなればなおさらのこと、雪子のみならず四女の妙子にも暖簾を維持し得る立場は十分あるのである。

船場は女系家族といわれるように、ぼんぼんが商売が不向きとあれば、娘にしっかりした子飼いの番頭を養子に迎えて暖簾をつがせたから、四人も姉妹がいたら万万歳で、それで店が潰れるとあれば、父親の経営手腕が疑われる。

『細雪』は三女雪子の見合を骨子として、さかんに家柄や門地や学歴を問題にするが、地方から出て来た子飼いの番頭でも、婚姻の対象として店の跡継ぎを考える場合には、いったん得意先の信用のある老舗に入籍させてもらい、そこから改めて養子として迎えるという手続きをとった。そうすれば、もはや家柄など問題でなくなるし、得意先とも姻戚関係になる。番頭も歴とした後盾ができてそれなりの自覚ができ、箔がつく。こうして船場の商家は、暖簾を第一に重んじ、互いの老舗の関係を密にしていったのである。

また、たとい家来筋(3)――江戸っ子の谷崎は『春琴抄』でも武士社会で使うこの言葉を使っているが――にあたる同業者、ということは暖簾分けさせてもらった元番頭の別家の者が店を継いだとしても、船場から蒔岡の名前が消えるものではない。なぜなら何代も続いた老舗の暖簾を簡単に他人に譲るなどという希な話には、船場中の注目を集めたであろうから、得意先から蒔岡商店の看板を下ろしたら取引せぬといわれるだろうし、また商売していく側もトレードマークはそのままにしておく方が得策である。事実船場にはオーナーは疾《と》うの昔に無縁、しかし名前は残っている会社は数多くある。

たとい実質お家乗っ取り、主家一族を放逐して自分が店主になったとしても、容易に看板をぬりかえることができないのが武家社会と同様に論じられないところ、したがって船場における「男の世界」は尾を引いて何らかの形で作品の中に出て来なければいけない。それがきれいさっぱり縁が切れているというのは、それだけ『細雪』の世界を、完全に「女の世界」のみに置いた、そこから生じた無理と考えるべきであろう。

とにかく谷崎にとって『細雪』を書く上に、船場の商売の世界は邪魔であったのである。だからそれを強引に払拭してかかっているのであるが、その辺の設定が考えられないほど粗雑で無理がある。もう少し納得のいく形が考えられないかと思うのだが、その点、谷崎は本題に入ることを少し急ぎすぎたようである。

それというのも谷崎は『細雪』の主人公雪子を、傾きかかっている蒔岡商店を女の細腕で再建するという土性骨《どしょうぼね》のある浪速女とは正反対に、文楽の「人形のやうな女」「永遠女性」かつ「崇拝する高貴な女性」として描きたかった、すべてはそのための夾雑物を取払ったお膳立てと考えられる。
谷崎は昭和三年から四年にかけて書いた『蓼喰ふ蟲』の中で言っている。

俳優のやうな表情のないのが物足りないと云へば云ふものゝ、思ふに昔の遊里の女は芝居でやるやうな著しい喜怒哀楽を色に出しはしなかつたであらう。元禄の時代に生きてゐた小春は恐らく「人形のやうな女」であつたらう。事実はさうでないとしても、兎に角浄瑠璃を聴きに来る人たちの夢みる小春は梅幸や福助のそれではなくて、此の人形の姿である。昔の人の理想とする美人は、容易に個性をあらはさない、慎しみ深い女であつたのに違ひないから、此の人形でいゝ訳なので、此れ以上に特長があつては寧ろ妨げになるかも知れない。昔の人は小春も梅川も三勝もおしゆんも皆同じ顔に考へてゐたかも知れない。つまり此の人形の小春こそ日本人の伝統の中にある「永遠女性」のおもかげではないのか。…

また、昭和七年九月二日付根津松子宛の書簡の中で書いている。

私には崇拝する女性か《ママ》なければ思ふやうに創作か《ママ》出来ないのでごさ《ママ》いますがそれがやう〳〵今日

になつて始めてさう云ふ御方様にめぐり合ふことか《ママ》出来たのでございます。

『盲目物語』のお市の方、『蘆刈』のお遊さま、『春琴抄』の春琴と、松子を「崇拝する高貴の女性」として理想化された女性像を造形した谷崎が、『細雪』ではそれを松子の妹の重子に置いた。そう考えればこの「雪子」は、『蓼喰ふ蟲』以来あたためてきた、大阪が育てた文楽人形への憧憬を形象化した女性像といえるであろう。船場によくある、算盤もおけない、商品の値段も、その運用の手立てもわからない、全く箱入り娘であったのが、いったん店主の主人を亡くし、店の女主人になるや、男顔負けのしっかり者として商才を発揮する、そんな女の変身は埒外なのである。

雪子は「亡くなつた父もきつと自分と同様に感じて、草葉の蔭から義兄を批難してゐるであらうと思つてゐた」以上、そういう型の女性としてもありうるようにも思われるが、谷崎はそんな男を向うにまわして商いに精を出す女には関心がない。反対に深窓のいとさんとして、世俗から超然としているもう一つの船場の女の造形に、ひたすら努めたということができる。[4]

〈注〉

（1）地元では「うっきょしょうじ」と発音していた。伏見町の二つ北、今橋通りの一つ南にある。

（2）地元では「ふしんまち」と発音していた。三越の南の通り、道修町の北の通りにある。

（3）谷崎は船場の番頭や手代や丁稚などを家来筋という把握をしている。しかしこれは元来が武士社会でのことである。たしかに船場でもそういう面があったことは否定できない。菊田一夫脚色の演劇『細雪』でも、特にこの点が鮮明に印象づけられる場面があった。劇の中に「雇用人の出る幕でない（あっちへ行っといで）」というような原作にはないせりふがあった。こんなきつい言い方がされたであろうかとどきりとさせられた。

おそらく道修町の一つ南隣り平野町の薬種商岸田市兵衛商店に丁稚奉公していた菊田一夫が、自身言われたか、見聞きした屈辱感がこめられているのであろう。雇用人は今風の言い方で、実際はより身分差別を意識させられる「奉公人」という言葉が使われたことであろう。しかし劇の場面では特別差し出がましいことをしているわけでもないから、ふつうは「ちょっと席をはずしといて」といえばすむところである。

そこへ谷崎自身の場合は江戸東京での気風が持ち込まれる。彼は『春琴抄』でも、春琴は佐助との結婚に対し、「『何であのやうな丁稚風情に』と頭から否定した」と書いていて、丁稚を見下げた言い方をしている。これは谷崎が東京の下町に生まれ、常に山の手との格差を意識させられた、それをそのまま船場にもって来たように思われる。

谷崎はまた『春琴抄』の中で、「大阪は今日でも婚礼に家柄や資産や格式などを云々すること東京以上であり元来町人の見識の高い土地であるから封建の世の風習は思ひやられる従つて旧家の令嬢としての矜恃を捨てぬ春琴のやうな娘が代々の家来筋に当る佐助を低く見下したことは想像以上であつたであらう」といっている。が、これは士農工商の一番下に置かれた船場の商人が、少しでも武士と肩を並べようと背伸びした結果のことで、第一「家来」という発想は武士のもの、戦前までまだ士族平民の別が戸籍にあって、士農工商の身分意識は生きていたから、ここは本来次のようにあるべきである。

「東京の山の手は今日でも婚礼に家柄や資産や格式などを云々する元来武士の見識の高い土地であるから封建の世の風習は思ひやられる従つて武士の令嬢としての矜恃を捨てぬ娘が代々の家来に当る者

を低く見下したことは想像以上であったであらう」

これをそのまま春琴や「細雪」の雪子や妙子にもあてはめたのであって、どちらの場合も、ことさら船場におけるこの身分階級意識を強調することによって、作品の骨格を組み立てようとしている。正確な船場の風習を伝えているとはいえない。

船場の商家は女系家族といわれるように、丁稚・手代・番頭と実地に経験を積んで来た店の者を婿養子に迎え、暖簾を継いで来たのであって、家柄や資産や格式よりも暖簾を重んじた。春琴鵙屋の始祖も、多くの船場の商家がそうであるように、地方から丁稚奉公に来て別家を許されたと考えられるし、たといそうでなくても、直系の男子主義で七代も老舗を維持することは不可能に近い。必ずその中には丁稚から身を立てて番頭になり、婿養子に選ばれた者がいるに違いないのである。したがって春琴の代になって、「家来筋」や「丁稚風情に」などと強調するのはおかしいのである。

『細雪』の場合、雪子の見合の選択に家柄や資産や格式を重んじ、最後に御牧という華族の御曹子に決めるのは、東京山の手方式というべきであって、老舗の暖簾を失った蒔岡家は、異常に昔の矜持にすがって生きようとしている。むしろわが家は士族であり、名将何某の末裔である、華族の一族でもあることを誇りとする東京山の手族に比せられるべきで、この点があまりに強調されては船場の誤解を生む。

（4）同じく船場の旧家の四姉妹を扱って対極的なものに、山崎豊子の『女系家族』がある。これは本家本妻の三姉妹に、妾妻の娘が加わっての四姉妹が、莫大な遺産相続をめぐる凄絶な争いを描いたものである。推理小説を読むような筋の展開、緻密な構成の複雑さ、デテールの書込みにおいて『細雪』より抜きん出ていると思うのに、人気において大きく水をあけられているのは、『女系家族』があまりにも醜悪な人間の裏面を見せつけられて読後感がよくないのに対し、『細雪』は富、優美、閑雅などにおいてかくあれかしと思う憧憬が掻き立てられて、一幅の源氏絵巻にひたるような快さがあるからであろうか。

『細雪』の船場ことば

その一

一　職住分離と船場ことば

『細雪』の会話の言葉は、船場ことばが使われていて、御寮人《ごりょん》さんや、とうさんや、こいさんの雰囲気がよく出ているといわれている。しかし一方で、そこで使われている船場ことばは決して正確ではない、おかしいと批判する人もある。

それに対して私は、そもそも大阪弁を活字にすること自体甚だ困難で、変な受け取られ方をするのはやむをえないということと、小説の会話は小説の会話として、日常会話とは区別して理解しなければならない、単純に日常会話の物差で律することはできないと考えて来た。

しかし今度、以上の点から改めて『細雪』を読み返し、点検してみたところ、いろいろ気になる所が出て来たので一文を草してみたくなった。

お断りしておくが、私は『春琴抄』の舞台となった船場道修町に昭和三年に生まれ、それから太平洋戦争の始まる昭和十六年まで維持された、丁稚奉公、女中奉公の最後の模様を見て育った者である。すでに職住分離は始まっていて、会社組織になりつつあったものの、それは半分くらいで、私の家など彼ら住込み奉公人と起居を共にし、大阪弁丸出しの生活をしていた。しかしそれはあくまで幼少期の感受した経験である上に、そういう旧体制のくずれて行く時代でもあった。

即ち職住分離によって、店の間や店の庭から奥の、暖簾から中の上り框《かまち》から上の女の世界が、近所の居宅《いたく》から、さらに空気のよい芦屋や豊中や香里園や枚方《ひらかた》などの郊外の別荘へと移り、大阪の店舗と家族の住む郊外の別荘の関係が疎遠になりつつあると同時に、客に対する船場の言葉づかいを下の者に注意する小番頭の年代が、徴兵検査によって衛生兵などとして狩り出され、その分船場以外のなりのままの若い者が補充され、船場ことばが次第に乱れていった時代といえると思う。

しかし年輩の旦那さんや大番頭さん、それに職住同居で暖簾の内にとどまっている、お家《え》さん(姑)や御寮人さんやいとさんの女の世界によって、まだまだ昔の船場ことばは維持されていた。

私の強みはただそういう船場ことばの雰囲気に身をおいていたということだが、以後学校で教えられた標準語を使うようになって、昔の大阪弁を忘れることも多くなったので、昔の大阪弁は意識して使わないと口から出て来ない。単なる過去の自分自身の狭い経験に頼っていては、記憶も曖昧な上に、正面切って大阪弁に取組み、研究しているわけでもないから、案外誤りを犯す。したがってせいぜい年長の人々に聞き、本も読んで考えてみたい。以上のような次第なので、お気づきになった点いろいろご批判を仰ぎたいと思う。

二 「こいさん」は身内で言ったか

まず冒頭の「こいさん、頼むわ。――」と次女の幸子が四女の末娘妙子を呼ぶ呼び方、――船場の女の雰囲気に読者を引張り込む効果はあるが、姉妹同士でこんな言い方を許容する家庭はどれくらいあったのだろうか。

なぜなら「こいさん」は小いとさんのつづまったもの、「いとさん」は愛《いと》しい人、稚《いと》けない人の意から来ているといわれ、つまり可愛らしいあどけないお嬢さんということ。したがって身内同士で「可愛らしいあどけないお嬢さん」と呼び合うのは、考えてみれば自画自賛の滑稽な話、いとさんはもちろんのこと、いとさんの「い」が曖昧に発音されることから転音した「とうさん」も同様で、つまり「いとさん」「とうさん」「こいさん」は元来の意味から考えれば、親子兄弟姉妹の身内では使ってはおかしい言葉。あくまで他人が、身近なところでは番頭、手代、丁稚、女中、近所の人、それに訪問客などが使った。身内では自然に言わない習慣がついていた。中には親から厳しく注意された家庭もあったと聞く。

しかし『細雪』の冒頭のような言い方はしなかったかというと、そうでもないらしい。原型の「いとさん」はそれこそ桃割れ姿のええしのお嬢さんの響があって身内ではまず使わなかった。それに対して「とうさん」は使った家もあったと聞く。しかし東京の人は「父さん」かと思うそうで、東京出身の谷崎には抵抗があったのであろう（船場では「お父さん」といっていたから紛らわしくなかった）。

その点「こいさん」は大阪独特で、語感もいい。谷崎は特にこの言葉を好んだようで、『春琴抄』でも春琴が次女で三女四女もあって末娘でないのに「こいさん」と呼ばせている。『船場ものがたり』の著者で、三越の南の伏見町に明治三十年後半に生まれ育った劇作家の香村菊雄氏の言によれば、「こいさん」はそんなこだわりもなく、身内でも気軽に使っていた家庭があったそうである。

ただ『細雪』の場合、もう少し立ち入って考えてみると、幸子にしても雪子にしても、姉があるから下がまだ生まれていないうちは、「こいさん」と呼ばれていた時期があった。下ができると周囲のものが自然に次の末娘の方を「こいさん」と呼ぶ。そして今までの「こいさん」が「中姉《なかあん》んちゃん」「中ちゃん」「中さん」となる。鶴子と幸子とは二つ違い、幸子と雪子とは四つ違い、雪子と妙子とは四つ違い。したがって幸子の場合は二つのとき次ができたのであるから、自分が「こいさん」と呼ばれていたなと思う間もなく「中姉《なかあん》んちゃん」に切替えられて抵抗がなかったと思うが、雪子の場合下ができたのは四つだから、「こいさん」と呼ばれた響がまだ記憶に生々しい。しかもすでに「中姉《なかあん》んちゃん」と呼ぶべき幸子が上にいるから、周囲は今までの「こいさん」はそのままにして、新しくできた末娘を「小いとちゃん」「小嬢ちゃん」または「ややいとちゃん」など各家庭でまちまちだが、そんな呼び方をしたと考えられる。

しかし「小いとちゃん」「小嬢ちゃん」「ややいとちゃん」では子供のうちはよくても、大きくなったらおかしいし、新しく彼女らを知る者は、自然に妙子を「こいさん」と呼び、幸子・雪子を「幸子とうさん」「雪子とうさん」と呼ぶようになる。そんなことから妙子を「こいさん」と呼ぶようになるには少々時間がかかった分、逆に雪子にとっては、妙子が生まれたからすぐ「こいさん」と呼ばれなくなったのではなく、そのまま「こいさん」と呼ばれた期間が長かったと考えられる。したがって後の方——例えば上巻二十二章で、雪子も妙子を「こいさん」と呼んでいるが、その場合、かつて自分にいわれた「こいさん」という呼び名を、今度は妹に向って呼ぶには抵抗があるはずである。「妙ちゃん」「妙子ちゃん」と呼ぶのが自然であろう。

ちなみに私の家庭の場合、私は上二人の姉には体の大小に関係なく、「大《おっ》き姉ちゃん」「小《ちっ》こ姉ちゃん」、妹には名前の上一字に「ちゃん」をつけて呼んでいた。父母も自分の娘に「とうさん」「こいさん」などとは言わなかった。

三　「御寮人《ごりょん》さん」は身内で言ったか

次にひっかかるのは一章の終り、妙子が階下の女中に、「御寮人さん注射しやはるで。——注射器消毒しといてや」と言うところである。

ここは女中の立場に立って自分の姉を「御寮人さん」と呼んでいると考えられる。親が自分の子供の立場に立って、「お父さん」「お母さん」「パパ」「ママ」と配偶者を呼ぶのに似ている。しかし後者はあくまで一般的な呼称で、特殊な敬称はないが、「御寮人さん」という呼び方は、船場の富裕な商家の奥さんという特殊な敬称を意味している。

もっとも御寮人さんである妻が亭主を「旦さん」と呼んだり、「旦那さん呼んではるで」と使用人にはよく言った。逆に亭主も「御寮人さんは?」と聞いたりするのも不自然ではなかった。殊に船場では番頭を跡継養子にする、いわゆる女系家族が多かったから、今まで「御寮人さん」と呼んでいた習慣が、結婚してもなかなか抜け切れなかったこともあったろう。自営業で社内で妻が夫を「社長」、夫が妻を「副社長」と呼んでおかしくないのと似ている。したがってこれが船場の中でのことなら、まだしも妙子が姉のことをこのように言うことは考えられないでもない。

しかし舞台は芦屋、蒔岡商店は船場から十二三年も前に姿を消している。しかも幸子は結婚してすぐ芦屋に住み、鶴子の場合と違って、船場の御寮人さん的存在感が薄い人である。

鶴子の場合は辰男を養子にもらったときまだ船場に蒔岡商店があり、したがって「御寮人さん」と呼ばれていたであろう。

けれども幸子の場合は、夫の貞之助が計理士で、船場の今橋に事務所を持っていたとしても、使っているのは、旦さん、亀吉トン、お梅どんなどと呼んだり呼ばれたりするのでもない男女の事務員であり、幸子もあまり事務所を訪れることはなかったようである。その辺のことは一切書かれていないから、幸子と船場との関係は希薄である。

ただ、御寮人さんとは寮即ち部屋つきで女中つきのまま婚家へ嫁ぐ人という意味といわれているから、本家の女中が分家へ行って「御寮人さん」と呼んでその呼び名を温存した。または本家へ幸子が来たとき、本家の女中たちは「幸子御寮人さん」と呼んだであろうから、そういうところで呼ばれていたことは考えられる。

しかしまだ十八の女中のお春どんは三年前の十五のとき、ということは蒔岡家が船場を去って七年後の芦屋の分家に奉公に来たのだから、船場の空気を全然知らない。しかも彼女が一番上の女中のように書かれている。だからほっておけば彼女らの口から、「御寮人さん」という言葉が出て来ることはないはずである。

とすれば、幸子や雪子や妙子が、かつての船場の大店《おおだな》蒔岡商店の矜持で、「御寮人さんと呼ぶようにしなさい」と躾けたということになる。現にここでも、普通はわざわざ「御寮人さん」と言わなくても、「はる」という大阪弁の敬語を使っているから誰が注射するのかわかるし、妹の立場から姉を「御寮人さん」と口にするのはちょっとためらわれるところ、だから省いて言うはずである。

こういうところが小説的会話で、「御寮人さん」を使うことによってその辺の事情を示唆しているともとれるし、殊更使わなければ消えてしまうほど、船場における蒔岡家の残影がかすかになっていることをうかがわせているともとれる。

さらに今一歩突っ込んで考えるならば、谷崎は久保一枝という実際に使った女中を「お春どん」として小説世界にそのまま持ち込むことによって、作品にリアルな息吹きを吹き込もうとした反面、実生活とフィクションの世界を混乱させたともいうことができる。

幸子を「御寮人さん」とお春が呼んでいるのは、モデルの松子が歴とした船場の大店根津商店に嫁した御寮人さんだから、つい安易に重ねあわせてしまったといえなくもない。

また松子の妹の重子や信子は、松子が「御寮人さん」とよく言われているのを耳にして来たから、自分らも「御寮人さん注射しやはるで」というような言い方も口から出やすかったと思う。谷崎も高嶺の花と仰ぎ見ていた根津松子夫人を自分のものにしたのだから、船場の御寮人さんという崇敬の念を持ちつづけて、妻の松子を見たかった、重子や信子も引取ってそんな雰囲気の中で生活した。そんな実生活の舞台裏が、こんなところについ顔を出したと見ることもできる。

四　「奥さん」「お嬢さん」に落ちぶれた？

逆に船場の令室令嬢というイメージをもっと自然に出せるところとして、最初の見合の相手瀬越を斡旋する井谷の言葉がある。

井谷は幸子がよく行く神戸の美容院の女主人で、弟は九章にあるように大阪の鉄屋国分商店に勤めているし、その国分商店の常務を瀬越との見合の介添役にしている。だから幸子や雪子を世間一般の「奥さん」や「お嬢さん」と言うより、「御寮人さん」「嬢《とう》さん」と呼んだ方が、彼女らの心証をよくすることはわかっているはずである。しかし見合の席での会話にそれが出て来ないというのは、幸子や雪子に船場を意識していないということで、こんなところにも過去の大店の影がもはや薄らいでいることを暗示しているともとれるし、そういうことを谷崎が示唆しているともとれる。

逆に現実のモデルの松子・重子・信子たちが、もはや御寮人さんや嬢《とう》さんと見られなくなっていることが顔を出しているともとれるところである。

同様のことは二十二章で本家の辰雄家族が上京するのを見送る駅の構内で、辰雄の大学時代の同窓で、辰雄が蒔岡家へ来た当座、終始遊びに来た関原という男が、五、六年ぶりに海外出張から帰って来て、妙子を呼び止めた会話にも出ている。彼は妙子には「こいさん」と言いながら、幸子のことは「幸子ちゃんは今夜は?」といっている。幸子が婿養子をもらったことは知っているようだから(ただしその婿養子の貞之助も見送りに来ていたことは知らなかったようだが)、こんなところでさりげなく「幸子ちゃん、御寮人さんにならはったんですね」という言い方をすると、船場との結びつきを読者に印象づけることができるのだが。そうしないということは、ここでも蒔岡家の分家の船場の影が薄くなっていることを諷しているのかもしれない。

五 「お早うお帰り」「おおきに」は言わなかった？

次に気になるのは「姉ちゃん、こいちゃん、いつてらつしやい」(上・六)、「有難う、姉ちゃん」(上・八)というような、標準語を使う悦子の言葉づかいである。もしも悦子が船場の中に住んでいるか、船場の小学校に通っていたならば、「お早うお帰り」「おおきに」という船場言葉が出るはずである。

当時は今日と違って越境入学はやかましくなかったので、船場の中の小学校は、甚しいところは半分くらいが校区外の越境入学、芦屋などの郊外から通ってくる児童も珍しくなかった。ただしそういう児童は店が船場の校区内にあるので、低学年なら女中なり丁稚なりが別荘と学校間を送り迎えして、下校後ちょっと店に立ち寄って父や母の顔を見て帰る。都合によってそのまま店の奥にいて、父や母と一緒に郊外の別荘に帰るというようなこともあった。

蒔岡家の場合は店がもう船場にないのだから、悦子は地元の小学校に通うほかない。したがって芦屋の小学校友達の言葉になじむのは自然の勢いではある。

しかし前述したように、芦屋は船場の商家の暖簾から中の上り框《かまち》から上の女の世界が、職住分離によって居を移した所といってよいから、そしてそういう人達は船場ことばを最高のものとして誇りに思う意識が強かったから、この蒔岡家の分家のように、「御寮人さん」「こいさん」という呼称を、疾《と》うに船場とは縁が切れているのに使い、芦屋の中で船場という城を固守しているのである。

芦屋は大阪よりむしろ神戸に近いし、ほっておけば兵庫や神戸なまりの言葉に感化される。しかしそういう言葉のなまりに染まらぬように、蒔岡家の人たちは船場ことばを堂々と駆使し、そうすることによって船場の人間であることを自己確認しているのである。[1]

したがって悦子が「いってらっしゃい」「有難う」という標準語を使うのは、それだけ世代も若く、貿易港神戸に近く、ハイカラな近代的な気分が入っているともとれるが、「お早うお帰り」「おおきに」で取り囲まれて暮らしている船場の人間が耳にすれば、何か親しみが薄い違和感を抱く。子供は学校ではともかく、家の中では大人たちの使っている方言の方に感化されて、教科書的なとりすました標準語は意識してしか使わない。現に悦子は、「そうやろ」とか、「いかんねん」とか、「やってんなあ」とか、妙子叔母を「こいちゃん」と、皆が呼んでいるように呼んでいる。その点、「いってらつしゃい」「有難う」という言葉が悦子の口から出たとき、船場の城を守ろうとする幸子や雪子が聞きとがめて、「えらいかしこまつた言葉づかいするんやなあ」「学校ではそうかしらんけど、家では「お早うお帰り」「おおきに」と言いなさい」と船場ことばの指導があってしかるべきだと思うのだが。

古典的名著といっていい『船場ものがたり』（創元社・昭和六一）の著者で劇作家の香村菊雄氏の言によれば、船場ではたとい楽しい会話がはずんでいても、お家《え》さんや御寮人さんが、「そんな汚い言葉づかいしたらいきまへん」とぴしっとその場で注意するので座が白けてしまうほどだったというし、番頭も店じまいをしてから、今日のあのときの客に対する言い方はいかん、亀吉トンはまだ国なまりが残ってるなどと、丁稚たちの前に今でいう話し方教室をひらいていた。そういう光景が晩方表通りを通ると、よく聞えて来た。ものを言えば何か言われるので、もの言わずの丁稚や女中があったほどだとか。とすれば次のような悦子の言葉づかいを、母親の幸子はなぜ注意しないのであろうか。

上巻二十六章で、幸子が、妙子に電話をかけている悦子に、

「こいさんになあ、暇やつたら姉ちゃん迎いに行つたげ、言いなさい」という。それを受けて悦子が、

「あのなあ、お母ちゃんがなあ、こいちゃん暇やつたら迎いに行つたげなさいて」という。

ここで悦子が単純に母親の言葉を反復して「行ったげ」で切って「行ったげてて（いうたはる）」と妙子に伝えればよいのに、母親もいっていない「行つたげなさい」という命令形を妙子にわざわざ使っていることである。母親の幸子はすかさず、いくら身内でも年上の叔母にそんな言い方をしてはいけませんと注意しなければいけないところである。これは船場ことばとは関係のない、一般的な対人会話用法であるが。

ついでにいえば、上巻八章で幸子が娘の悦子のことを、「お春どん、あんたお嬢ちゃんに、何ぞ今日のこと云うたんか」「あんた、お嬢ちゃんにいつ云うたん」と言っているのもおかしい。自分の娘だから「お嬢さん」とは言わず、「悦子」と呼ぶべきであろう。しかしここも小説的会話で、殊さら悦子をええしのお嬢さんに見せる効果をねらってのことかもしれない。が、同じいうならいっそ「と

うちゃん」を使う方が、船場のお嬢さんという雰囲気がより出るであろう。

ここへ来て気づいたことは、貞之助や幸子や雪子や妙子の会話の中に、「お早うお帰り」や「おおきに」が使われていないことである。これでは悦子が言うはずがないし、大人が注意するはずもない。

日常会話は一過性で、つい言い間違いや余計な言葉や失礼な言葉が口をついて出て、しまったと思うことがあるが、小説の中の会話は、谷崎の場合など一日三枚のペースでじっくり推敲して作り上げたということである。したがってそれなりの意味を考えるとすれば、谷崎は大阪の人がよく使う「お早うお帰り」や「おおきに」をあまり好まなかったのであろうか。あるいは蒔岡家では、ということは松子三姉妹の間では、それだけ芦屋での船場の城がくずれて行っていたということであろうか。

「細雪」と船場ことばについては、さらに時間をかけて考察してみたいと思っている。

その二

一　「なにわことば特集」に

私は四年前、郷土誌「大阪春秋」八五号に「『細雪』の船場ことば」と題して書いたことがある。その末尾に、「さらに時間をかけて考察してみたいと思っている」と記したものの、続編は細部の異論も出てくるような問題なのでそのままでいたところ、今回「なにわことば特集」の一部として依頼を受けた。そこで、他に気づいたことを採りあげてみることにする。

前にもお断りしたように、私は昭和三年（一九二八）、船場道修町の薬種問屋に生まれ育ち、幼少時代は大阪弁丸出しの生活をしていた。それだけの体験を基にするのだから、強みもあるが危険もある。危険というのは案外思い込みもあるし、忘れてしまって間違いをするからである。

ただ前回本誌に書いたことが機縁になって、四天王寺国際仏教大学で、大学短大総合の特別研究講座「大阪ことば」を開くことになり、『細雪』の講義もして、少しは勉強した。が、その程度のことで、決して専門に大阪ことばにかかわっているものではない。

二 「なさい」「ごらん」は東京式

まず妙子が幸子に言う会話。「そんな会社の名、私《あたし》は聞いたことあれへなんだ」「何で四十一まで結婚しやはれへなんだやろ」（上・一＝上巻第一章の略）など以下たびたび出てくる「へなんだ」は、「へん」（打消）に「なかった」（打消の過去形）が結びついて「ん」が略され、「なかった」が「なんだ」になまって、しかもただの打消の過去形というややこしい成立ちをもつようだが、聞いたところでは、普通は「へんなんだ」「へんなんだんやろ」とさらに軽く「ん」を入れて言っていたらしい。が、私の小さい頃、昭和十年代前後で、私たちの世代ではもうあまり使わなくなっていたことに気づく。

『細雪』は昭和十一年秋から十六年春までの時代設定だが、大人は言っているのを耳にしても、子供は「へんかった」と、もとの形のうち「な」を省いた歯切れのいい言い方をしていた。意味は違うが、丁稚や番頭や旦那衆が「それ、なんだす」と言っていたのに対し、子供は「それ、なんや」「なんやの」などと言った。濁音が何となく古臭く感じられるので、死語になって行ったのであろう。

もっとも小学生の悦子が「来なんだの」(下・二)という言い方は、「来んかったの」とともに使ったように思う。他に「知らなんだ」「食べなんだ」なども、「知らんかった」「食べんかった」が主だが、使ったように思う。今でも使わないでもない。

次に気になるのは、前例の「結婚しやはる」などのなくてもいいところに入れる「や」。「あの人、昨日又やつて来やはつて」「云やはるねんが」「承知してほしい云やはつて」(上・四)など。やはり幸子と妙子の会話であるが、この「や」は、女の子が「あの子、こんなことしやはるねんし」と「し」を末尾において強調し、いけず(意地悪、あてこすり)ことばとしてよく耳にしたので、何となく下品に感じる(2)。

「なさい」という使い方も気になる。下に丁寧語の命令形「ませ」の省かれた形と考えるか、「なさる」自体の命令形とも考えられるが、元来は尊敬語であるものの、船場界隈では通常先生が生徒に、大人が子供に向ってなどに使い、上の者に対しては使わない。

したがって妙子が姉の幸子に、「これにしなさい」「ま、うちの云う通りにしてみなさい」（上・五）「これ着けなさい」（上・十二）などの言い方は、「これにしたら」「うちの云う通りにしてみ」「これ着けたらどう」というような勧誘表現にするのが普通である。

「中姉《なかあん》ちゃんと雪姉《きあん》ちゃんで呼ばれて来なさい」（下・二十九）という妙子の言葉も、よそ行きの言葉では「呼ばれて来て下さい」、普段着の言い方では「呼ばれて来て」で切って、命令形にしない含みをもたせた表現をする。また悦子が母に、「こいちゃん何で家《うち》へ連れて来《け》えへんの。早う引き取ったげなさいな！」（下・十九）は、「引き取つたげてえな！」と、ねだる口調になると思う。

「ごらん」もさらに尊敬の意を含んでやわらかいが、「なさい」が省略されているからやはり標準語の間接的な命令形。したがって「これしてごらん」「中姉ちゃん、息してごらん」（上・五）などは妙子が姉の幸子に言うのだから、「これしはつたら」「息しはつたら」と尊敬語「はる」を使って勧誘の形にして言うか、もっと気軽に「これしとおみ」「息しとおみ」というような言い方もする。

これは神戸の方から入って来た女性ことばで、牧村史陽『大阪ことば事典』によれば、「シトォ＝シトオクナハレ（してちょうだい）の約」とあり、それに「み」＝「してみたら」の意が加わって、「してみてちょうだい」の意と解されるから、やさしく言えば敬意が生じる。が、一方では単に「している」「しておる」がちぢまって「してる↓しとる↓しとお」になった形とも解されるので、時にぞんざいにも聞こえる。

「あんたはとにかく、何も持たんと話だけして来なさい」（上・十四）、幸子が夫貞之助にいう言葉も、「来たらええ」または「来とくれやす」というところ。「やす」は「遊ばせ」に当たる。同じく「もう止《や》めなさい」（上・二十）は、「止めとき」「止めといて」「お止めやす」、命令形にしても「止めときなはれ」「止めなはれ」と敬語「はる」を使う。標準語で言うなら「来て下さい」「止めて下さい」となる。同じく幸子が夫貞之助に「（雪子ちゃんやこいさんに）晩は何ぞ奢《おご》りなさい」（中・二十七）は、「奢つて上げたら」から「奢つたげて」になり、略して「奢つたげ」になるところ。お見合いの席で幸子がボーイに、「お隣へ少し葡萄酒を注いで上げて」（上・十二）といっているように。

貞之助が妻幸子に、「明るい所《とこ》へ来てみなさい」「臥《ね》てなさい」（上・二十）と言うのも他人行儀の感じで、「来てみ」「臥て」で止めてしまう。

三　お春どんは標準語の優等生

女中のお春が、あまりにも折目正しい標準語で敬語を使っているのも気になる。敬語は使う人自身の人柄や品位をかもし出す性質を持っているから、女中のお春が立派に見える。

「奥さんに申し上げてくれ仰つしやつていらつしやいます」（中・六）、「シュトルツさんへお茶に呼ばれていらつしやいました。もうお帰りになる時分でございますけど、お呼びして参りませう」（中・十）、「これから此方の御寮人さんがお伺いしたいと仰つしやつていらつしやいますのんで、私がお供して参ります。旦那様からお手紙が参つてをりますのんで持つて参りますが、外に何ぞ持つて参りますものは?」(中・十七)「六時半頃と存じますが」(中・三十五)とか。

ところがこのお春は「幾日でも垢だらけのものを平気で着てゐる」「中から御寮人様のブルマーが出て来た」「洗濯するのが面倒臭さに、お上のものまで穿《は》いてゐた」「傍へ寄ると臭くて溜らぬ」「終始買ひ食ひや摘《つま》み食ひをする」「素質が悪く、学校の成績なども弟妹に比べて著しく劣る」幸子は「何せ、だらしないこと、云うたら、あの着物の着かた見たかて分るやろ。お春どんは前も何も丸出しにしてる云うて、外の女中たちが笑うたもんやつたけど、今かてちよつとも直つてえへん。生れつきいうもんは何ぼ叱言《こごと》云うたかてあかんもんやなあ」と愚痴っている。しかも、まだ二十歳、そんなお春の言葉とはとても思えない。

それから「は」「はあ」の返事も標準語で、「へ」「へえ」でないのも船場の雰囲気からお春を浮き上がらせている。

昔は丁稚奉公したら「はい」ではない「へえ」と返事せよと旦那や番頭から教えこまれた。女中も例外ではない。いわば四六時中大阪ことばの話し方教室の中にいるようなもので、お家《え》さん(姑)、御寮人さんは両方の個人教授であった。なまりの強い地方から来た丁稚や女中は大阪弁になじむのがたいていでなく、たとい仲間と談笑していても容赦なく注意されるので座が白け、今風にいうと大阪弁恐怖症、言語失調症になったといわれるほどである。とすると、このお春の標準語の敬語の言葉づかいは誰が教えたものか。芦屋で、船場の雰囲気を存分に発散している蒔岡家の人たちの中で、標準語の優等生が一人いるようで不自然である。

したがって、例えば「はあ、わたくしが出て参りました時迄はいらつしやいました。……」（下・二十二）は、「へえ、わてが出て参《さん》じました時迄はいたはりました……」と、「わて」や「参じ」を使うように教えられるはずである。「参じ」は「参上する」の意で、船場では「行《い》て参じます」というのがメリハリの効いた挨拶ことばであった。

四　「はんなり」「こおと」が書かれていたら

『細雪』は帯が「キュウキュウ」鳴るので、あれこれ帯を結び替えるところから始まるが、その頃着物の柄選びによく使われた「はんなり」とか「こおと」とかいう言葉が、全く出て来ないのがふしぎである。

「それ、似合うやろか」（上・五）の次に、「派手やないやろか」とか「ちよつと地味と違う?」とかあっていいし、それに対し「此れでえゝ、此れでえゝ」の次に、「はんなりしててええ」とか、「こおとで品があってええ」とか、あっていいところである。

また、「雪子ちやんの年で、あれだけ派手なもん着こなせる人はあれしませんで」（下・二）の次には、「派手は派手でもはんなりしてよう身に合うたある」と一言ほしいところである。

なぜなら「派手」は、「派手なお人や」「ちょっと派手すぎへん?」と否定的に使うことが多かった。

これは派手は成金と結びついて、船場は成金に見られることを嫌ったのと関係がある。ちょっと金ができたからといって派手にふるまうのを成金根性といって蔑んだ。暖簾分けさせてもらった本家を立てて、たとい急成長して本家をしのぐようになっても、分家別家は本家以上に出ることを慎むという風があって、派手は「はしたない」と見られたからである。また栄枯盛衰は世の常であるので、成金になったからといって有頂天になってひけらかすのを自戒したこともあった。

そこで「はんなり」した派手が好まれた。「はんなり」は「花なり」と「ほんのり」が結びついたような言葉で、上品な、やわらかいはなやかさをいう。「こおと」も「高等」から来ているといわれ、世間では「地味」と片付けられているようだが、やはり上品でシックな地味をいい、「派手—地味」、「はんなり—こおと」、あるいは「派手—はんなり—こおと—地味」、という図式が考えられ、それぞれ単なる派手や地味とは一味違った、船場独特の奥行のある言葉であった。

共によい言葉なのに、戦後は京都でも聞かれなくなったようなので、せめて『細雪』の中にあったら生きつづけるのにと残念である。敗戦のどん底で「はんなり」も「こおと」も死語になったのはわかるが、日本がサミットに仲間入りするようになった今日では、これらの語のもつ洗練された雰囲気がまた復活しているから、というより戦前より遥かに洗練された美意識を日本人全体が持つようになり、「はんなり」や「こおと」を使うとぴったりのセンスが多くなったのだから、このすばらしい言葉も復活してよいと思うのだが。

妙子の言葉で「よばれてめえへんか」（上・十六）は、表記すると下品に感じる。「みませんか→みまへんか→みいひんか」s音がh音に変ってseがheになるのは大阪弁の特徴で、「m・i・m・a」のm音が脱落して「m・i・i」になった形だが、この方がまだしもという感じもする。「めえへんか」は「見えた見えた」が「めえためえた」に転じたところからできたと思われる。今も使っている言葉で、日常会話では別に気にならないのであるが、文字にすると感じが変る。

「食ふ方やつたら」（上・十七）という貞之助の言葉づかいも蒔岡家らしくない。「食べる方やつたら」と言ってほしい。

「大阪弁使うてくれなんだら、何処の子達やら分らへん」（中・十四）と雪子が東京の姉の子供に言うのもおかしい。「良うできた子たちをお持ちで」などと、「子たち」は船場の慣習ではよその家の子供にいう一種の敬称で、ここはやはり身内扱いで「何処の子やら分らへん（複数でも単数で）」とするべきであろう。

作者が苦慮したと思われることに、それぞれ自分をいう一人称の呼称がある。妙子だけ「うち」、他の姉たちは「あたし」、悦子は「悦子」と使い分けされている。これらは各家庭でさまざまだし、妙子の場合も最初に引用した箇所のように姉妹間でも「私《あたし》は聞いたことあれへんなんだ」と言い、姉夫婦が上京する際、見送りに来た老妓や義兄の学友には「あたし」と言って「うち」といっていない。

「うち」は今でも妻が夫のことを「うちのひと」とよく言っているから――もっともこの「うち」には「家」の意味も含まれているが――、現実には場合によって姉たちも「うち」を使うこともあると思うし、悦子は学校と家の中では使い分けしているから、他の言い方も出て来ておかしくない。が、小説の中では同一人物であまり言い方を変えられては混乱を生じる恐れがある。これも文字化する上のむつかしさである。

船場の御寮人さん・いとさんも「わて」という風習があった。しかし文字化すると品が下がるようにも感じられるので、せめてお春の場合に「わて」を使うと、より船場の雰囲気が出るのではないかと思うのだが。

最後に、「中姉《なかあん》ちゃん」「雪姉《きあん》ちゃん」という呼び方について。昔は促音便の「つ」も「行つた」と小さく書かなかった。同様に「あ」音も、表記は大文字でも「中ぁんちゃん」と「ぁ」音を小さく発音していたと思われる。が、これはやや気取った言い方ではないだろうか。一般には身内では「中ちゃん」外部の者からでは「中さん」と言っていた。また「ゆきあんちゃん」が詰まって「きあんちゃん」と聞えたと説明してあるが、「あんちゃん」に結びついて語呂がよいのは「き」音ぐらいしかないのでないか。この場合も「あ」音は小さく発音したと思われるが、なかなかいいひびきがある。とすれば「細雪《ささめゆき》」といい、「雪《き》あんちゃん」といい、谷崎はすばらしい言葉の発見者といわなければならない。

阪急岡本の谷崎邸への出稽古の父菊原琴治検校の手を引いて行った菊原初子氏は、「松子奥さんとせんど（長く何度も）船場ことばで話している間、谷崎先生は隣の部屋の戸の側でずっとお聞きになっておいでやしたそうで。あとから知って、そおでっか、そないにしてお勉強されてやしたんでっか。それで『細雪』で、きれいな船場ことばを上手に使うておしやすのんですなあ」と昔のきれいな船場ことばで話されている。大阪弁を活字にして文章にするのは敬遠される風潮の中、『細雪』には堂々と船場ことばが登場するのは千金の重みがある。

〈付記〉
松子夫人の長女観世恵美子さんは、松子夫人が生前『細雪』の船場ことばの不備について、もっとよく目を通しておけばよかったともらされていたと、電話で伝えて下さった。

〈注〉
（1）もとからの芦屋の人たちは、「芦屋は船場の植民地」といっていたそうである。ということは、それほど言葉も船場ことばという外国語が耳についたということであろう。
（2）中公文庫、旺文社文庫などの現代表記では「何で西宮へ家持ちゃはったん」「死にゃはったんやったわなあ」（下・九）のところは、「ゃ」を小文字で書いてある。こうすると軽く含ませる発音になって下品には聞えない。歴史かなづかいでは小文字にしないので、実際は下品に聞えない言い方をしていたのだろうが、大文字で書かれるとそんなふうにとれてイメージがこわれる。表記がむつかしい。ふつう「ゃ」音は入れない。入れるのは「女性ことば」といっていいのかもしれない。

焼跡大阪の雑誌「観照」

谷崎潤一郎記念館で「谷崎潤一郎と伝統芸能」展が平成五年十月三日から六年四月十日まで開催されると聞いて、雑誌「観照」も紹介できたら、花を添えるのでないかと思った。この雑誌は〈「お国と五平」所感〉の掲載誌として、全集にも記されている。しかしその特殊性については、あまり知られていないのではないか。

まずこれが普通の出版社からでなく、船場道修町の個人の薬の店から刊行されたということ。「観照」第一号の奥付を見ると、〈昭和二一年八月二〇日発行、編輯・発行・印刷　林秀雄　大阪市東区道修町二ノ一一林秀雄方　発行所　観照社　頒価送料共　二円〉とある。その発行所は、花輪印・純正分析用試薬・株式会社林薬店。薬の会社が薬のPR誌でなく、純粋な、しかも当時関西一流の、あるいは全国でも類のない高度な芸能雑誌を出しているのである。

道修町の人は先代の林亦吉氏の名前から、通称「林亦」という人が今でも多い。その亦吉氏と子息秀雄氏、ともに芝居好きで、秀雄氏は仲間と芝居の雑誌を出そうと考えた。

第一号編集後記には次のように書いてある。

〈常に芸能文化に多少共関心を有する吾々は、其形の大小は別として何か一つの発表機関を持たねば何かしら心の余裕と言つたものを保つことが出来ない様に思はれて仕方がない。最近自分は幸ひにして大阪で唯一の真摯な芸能研究雑誌の編輯同人の末席を汚させて頂く事になつて居たが色々の事情で該誌の発行が不能となり、一寸何か落し物でもした様な気持になつて居た。ところが急に此の「観照」誌の発刊を思ひ立ち、先輩友人の御助力で兎に角第一号を曲りなりにも作り得た事を望外の喜びとしてゐる〉

〈「観照」といふ言葉には含蓄の深いものがある。即ち此言葉には「観賞」といふ以外に考へる事と知る事との意味がある。此二つの事が芸能文化の観賞には最も必要であり、且重要なる意義を有する。吾々は「観賞」から「観照」の域に到達する事を常に念頭に置いて芸能に接せねばならぬ。〉

さらに次のような警告も発している。

〈関西の芸能界殊に演劇方面の最近の沈滞はどうした事であらう。関西劇界の危機を救ふだけの才能と気力を有する有能の士の出現するを待つ外はない。当事者の自覚は今更喋々する必要もないが俳優連中の奮起も同時に必須である。〉

ここで第二に注目しなければならないことは、この第一号が終戦後一年、まだ焼跡闇市時代に発刊されたということである。

大阪はもちろん東京の出版社も壊滅的打撃を受けて荒廃した。幸い林薬店は焼け残った。拙著『船場道修町』（人文書院）の中の「道修町の戦災記録」にも記したが、道修町も強制疎開を含め実質半分くらいしか残らなかった。林薬店の北隣に住んでいた小学校からの友人小西昭氏の言によれば、林薬店すぐ裏の小野市商店の屋根に焼夷弾が落ちたが、警防団の尽力で消し止めたというから、危機一髪で焼け残ったということになる。

さらにすぐ裏の神農さん少彦名神社社殿裏の狭い空間からも、不発の焼夷弾がいくつか見つかったというから、これは神農さんの霊験によるものかもしれない。林薬店は、三越の南に今なお堂々たる商家の構えを維持して、国の指定重要文化財になっている小西家住宅＝旧小西儀助商店（ボンドのコニシ株式会社の前身）の堺筋を隔てて西側にあった。現在は小野薬品工業関連会社のビルになってしまっている。

座談会

六代目菊五郎の死を遶って

出席者

谷崎潤一郎　林秀雄
豊竹山城少掾　北岸佑吉
吉井勇　武智鉄二
　　　　多田嘉七
　　　　沼艸雨

序詞

—（5）—

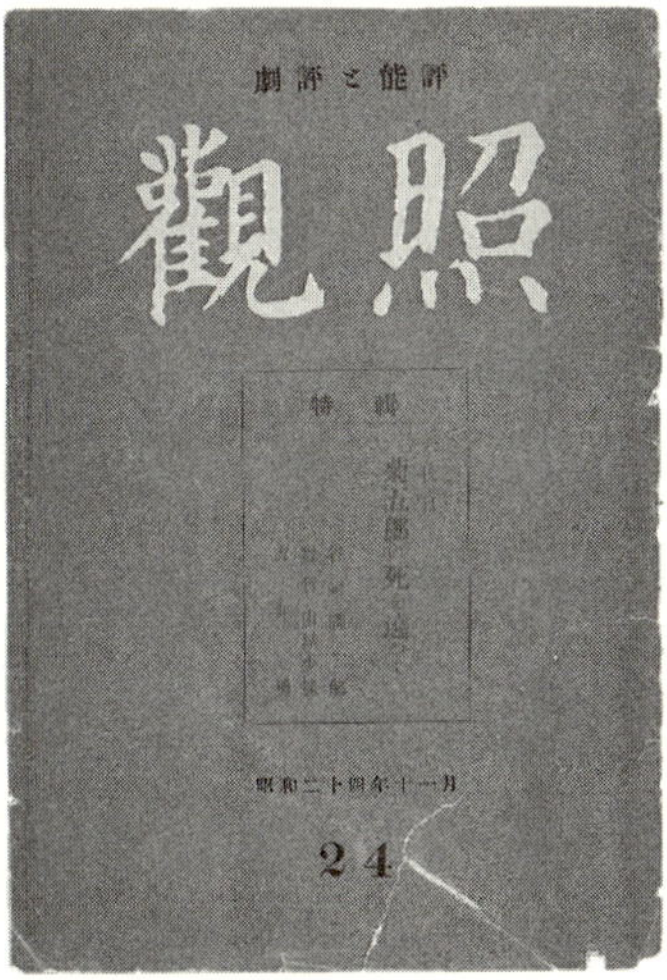

焼跡大阪の雑誌観照

焼け残ったところへ商品の払底した時代、道修町に昔のままの店舗を構えていれば、あまり苦労することなく商売ができた。林秀雄氏は店のことはほとんど番頭に任せ、好きな芝居に打ち込めたわけである。ともあれこの編集後記にもうかがえるように、戦争で疲弊した関西芸能振興のために、文化的使命を抱いてこの雑誌は発行されたのである。

谷崎潤一郎も、第五号には同人と〈「吉田屋」検討〉を、第八号には同人と〈山城少掾を囲んで〉を、第一三号には〈坂東三津五郎・豊竹山城少掾・尾上菊五郎らとともに四名匠に聴く炉辺よもやま話〉を、第二四号には豊竹山城少掾・吉井勇・同人らと〈六代目菊五郎の死を遶って〉と、四回も座談会に登場し、その記録が載せられている。

特に〈「お国と五平」所感〉掲載の第二三号の編集後記には、同人の一人沼艸雨氏が次のように書いている。

〈谷崎先生が特に雑誌を指定して書くといふことは異例に属する。かく我々のかかげてゐる厳正なる批判精神が高度文化人に支持されてゐることはいさゝか自負に価すると思ふ〉

「観照」は十四ページから三十八ページ、横十二・八センチ縦十八・二センチ、B6版の極めて薄い小型の同人雑誌である。しかし林氏のほか、沼艸雨、大西重孝、武智鐵二、多田嘉七、北岸佑吉ら各氏が同人になって、第一号から第一五号まで、芸術院会員になった須田國太郎氏が表紙やカットを書いているし、右の座談会のほか、第一一号には〈河内屋を囲んで〉と題して實川延若、中村鴈治郎、第一七号には〈芸を語る〉と題して吉田幸三郎、吉田こう、安藤鶴夫、戸板康二ら各氏が登場し、その他にも第一九号には〈桂文楽に訊く〉第二五号には「歌舞伎再検討」、第二七号には〈若手歌舞伎の再検討〉第一四号には〈忠臣蔵相撲見立〉と題する同人座談会もある。

同人が主として活躍しているのはもちろんであるが、他に、土岐善麿、河竹繁俊、山本修二、尾崎宏次、北条秀司、永見克也、山口広一、高安六郎、池田彌三郎、鶴澤清六、坂東簑助、折口信夫、太宰施門、吉永孝雄、といった錚々たる名士が一文を寄せている。

私は道修町に生まれ育った関係で、道修町が舞台になっている『春琴抄』について考究し、『谷崎潤一郎『春琴抄』の謎』を上梓するまでに至ったが、その過程でこの「観照」の存在を知った。大阪府立中之島図書館に合本として製本されてあり、そこから谷崎に関する部分だけはコピーして持っていた。しかし記念館で展示するには、一冊一冊別個になっているのがほしい。

幸い林薬店が林純薬工業として同じ堺筋の少し南に移転しているので訪ねたら、昔をよく知っている田中彰氏に会って、林未亡人が浜松で健在なのを知った。尋ねてもらったところ、当時の資料は全部沼艸雨氏に渡したという。ところが沼氏は平成四年死去、資料は京都観世会館事務長だった権藤芳一氏に渡っているはずとわかって、結局権藤氏から借りることになった。幸い一〇号・一一号の二冊が合本のほかにバラであって、それらを展示することができた。朝日新聞は北岸佑吉氏も勤めていたので、資料室にでもあるかと思ったがない。何分薄い小冊子のこと、散逸してしまうものだと思った。

道修町は前述したように、俳人では青木月斗、嶋道素石、歌人では与謝野晶子・山川登美子と共著『恋衣』を出した増田雅子のちの茅野雅子、高安やす子、高安国世、それに劇作家の高安月郊、劇評家の高安六郎、映画『細雪』や『夫婦善哉』なども手がけた脚本家の八住利雄を輩出している。商家の旦那衆は義太夫に、御寮人さん・いとさんは箏曲や日本舞踊に凝って、出稽古に来てもらったり、習いに行ったりして道修町のお祭神農祭《しんのうさん》の折には一席演じたくらいで、こういう雑誌が刊行されたことも決して不思議とはいえない。しかし終戦直後のことだから戦前の旦那気風が受け継がれた最後の現象といえるであろう。

現在は職住分離、夜はゴーストタウン化している上に、オーナー会社が少なくなっているので、もし期待できるとすればまた別の形でということになろうが、どうであろうか。

「観照」総目次には、終刊の言葉という趣旨で次のような文がある。

戦争のさ中にあってさえも芸道保持を命として来た我々が、昭和二十一年八月、戦火に荒廃しつくした文化の再起のためにかかげた灯が「観照」である。一応の使命を果して昭和二十七年に終つたが、この灯は同人一同がいつまでも心の光明としているものであると共に混とんとした終戦直後の芸能界の生きた歴史でもある。

つまり戦後の満六年、計二十九巻、途中第一七号から第一九号までは発行所は東区今橋二ノ一七武智鐵二となっている。鴻池邸の西南角に位置して武智邸があった。

ちなみに戦後のインフレを示すように、第一号が送料共二円であったのが、六年後の第二九号（昭和二七・七）では二十倍の四十円にまではね上がっている。この頃になると出版界も復活して来たので、本来の筋にバトンタッチしたということになろうか。

「観照」と谷崎文学との関連で注目すべきことは、「谷崎と文楽」の章で書いたように「所謂痴呆の芸術について」を谷崎に書かせるきっかけを作ったことである。

他に昭和二十二年十一月の一一号では、観照社主催の名流芸能観照会が十一月二十九日（土）上本町一丁目大槻能楽堂で開かれる広告が出ていて、冒頭に講演「上方芸について」谷崎潤一郎とあることである。講演嫌いの谷崎が果たしてしたのかどうか珍しい上に、以下演目を記してみると、次のような錚々たる人が名を連ねている。

狂言「右近左近」茂山彌五郎・大蔵彌太郎
地唄「残月」替手・富崎春昇、本手・富山清琴
義太夫「加賀見山旧錦絵」長局　尾上・豊竹山城少掾・鶴澤清六、お初・竹本綱太夫・竹澤彌七
京舞「菊之露」立方・井上佐多、三絃・富崎春昇
京舞「八島」長刀之傳　立方・愛子改メ四世　井上八千代、三絃・富崎春昇

これだけのことを「観照」同人数人の手で、敗戦後わずか二年、米一日二合三勺の配給制の焼跡闇市の大阪の中で立ち上げたというのだから驚かされる。

谷崎潤一郎古川丁未子宛未公開書簡

「中央公論文芸特集」一九九四年秋季号発表の西口孝四郎「谷崎潤一郎が妻丁未子にあてた三通の手紙」の中で、一通だけ「これは写真を送ってもらったことのお礼を述べたものである」で片付けられているのがある。

これは平成三年（一九九一）東大阪市でのある文学研究会に、林光夫氏が持って来られ、西口氏が取材されたものである。ところが原稿を中央公論社へ送ったものの写真がどこへ行ったかない。林氏も亡くなられたのでといわれるので、私が撮ったものをお渡しした。そんな関係か一通分だけ未公開になったまま、西口氏も亡くなられたので、このまま埋もれてしまうかもしれないと思い披露することにする。

○東京市小石川区大塚窪町五、同潤会アパートメント四〇六へ
　神戸市外阪急岡本より
　　昭和五年十一月二十九日付

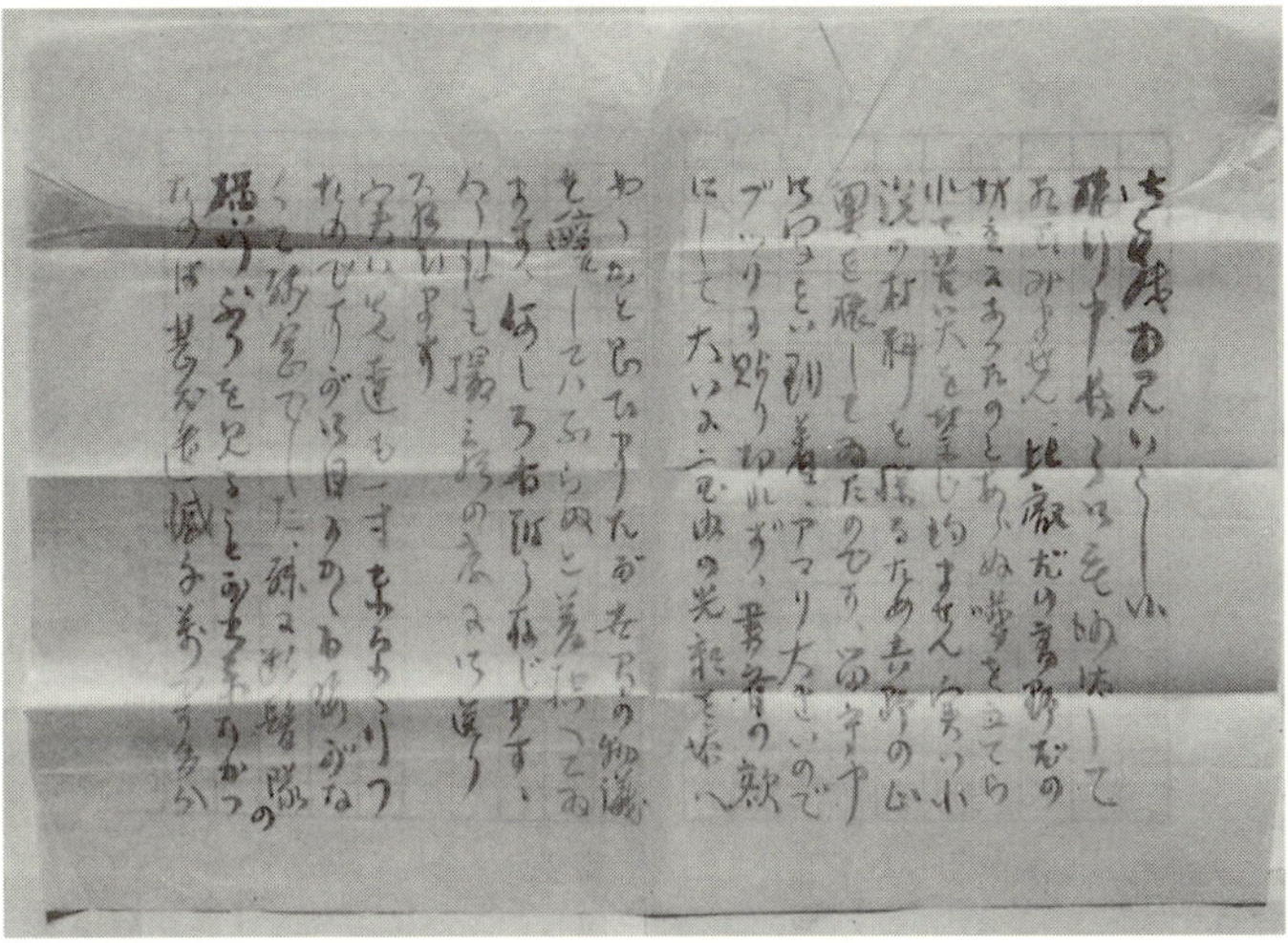

十一月廿九日付の封筒と便箋二枚

御手紙拝見いたし候

旅行中長々御無沙汰して相すみません、比叡だの高野だの坊主になったのとあらぬ噂を立てられて苦笑を禁じ得ません　実ハ小説の材料を探るため吉野の山奥を旅してゐたのです、留守中御写真到着、アマリ大きいのでブックに貼り切れず、書斎の額にして大いに室内の光彩を添へやうかと思ひましたが世間の物議を醸してハならぬと差控へてゐます、何しろ有難う存じます、今後も撮影の度に御送り願ひます

実ハ先達も一寸東京へ行つたのですが御目にかゝる暇がなくて残念でした、殊に断髪隊の横行ぶりを見ることが出来なかつたのは甚だ遺憾千万です多分年内に今一度上京しますからさうしたら今度こそ御知らせします、帰宅したら二三日後にあの地震で、実にアブナイ所でした、アレを知らずに

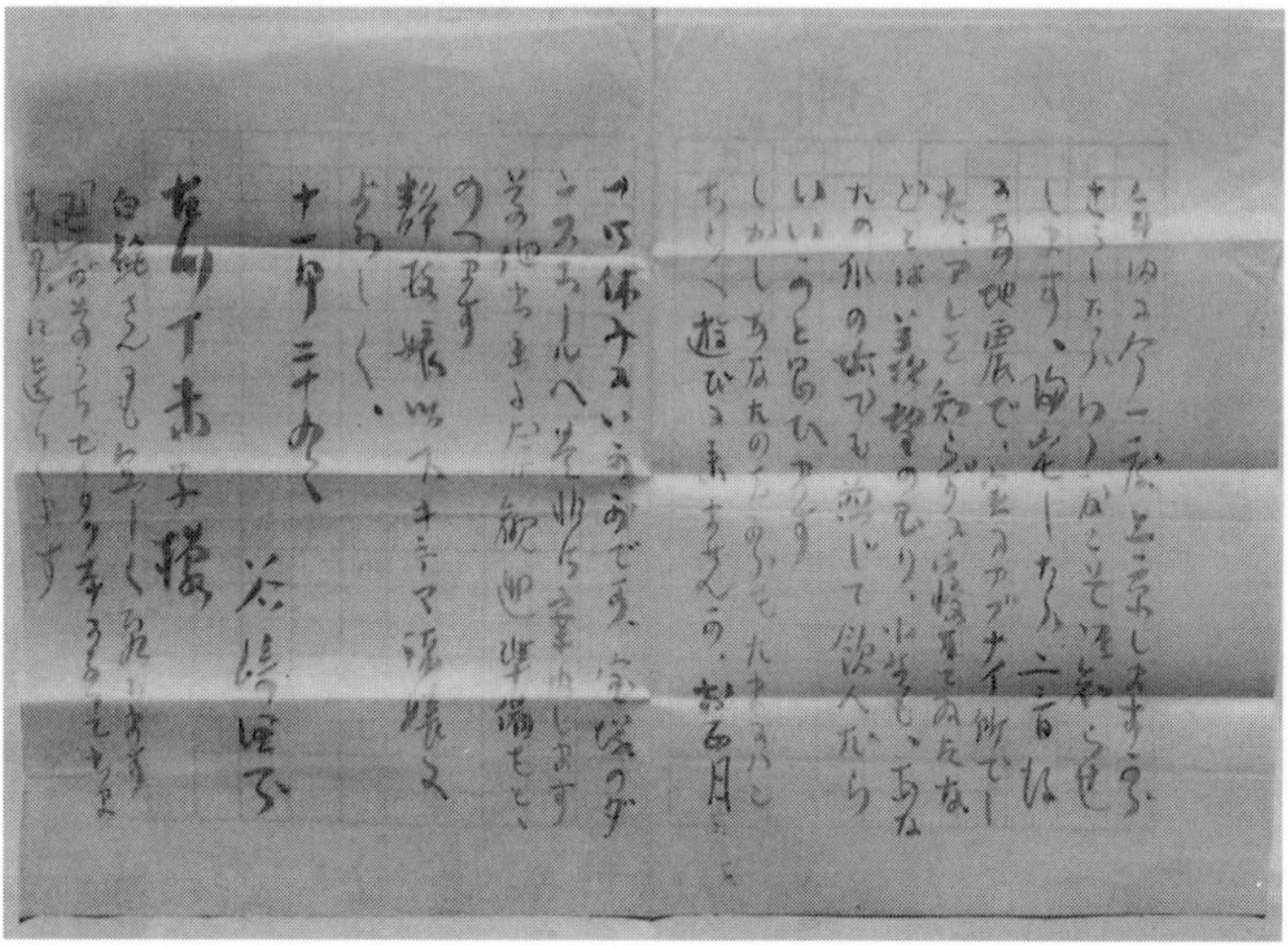

寝てゐたなどとは羨望の至り、小生も、あなたの爪の垢でも煎じて飲んだらいいかと思ひます
しかしあなたの方からもたまにハこちらへ遊びに来ませんか、お正月の御休みにいかがです、宝塚のダンスホールへ是非御案内しますその他出来るだけ歓迎準備をとゝのへます
静枝嬢以下キネマ諸嬢によろしく、

十一月二十九日　谷崎潤一郎

古川丁未子様

白髭さんにも宜しく願ひます
「卍」がそのうちゼイタク本になって出ますから御送りします

白髭さんは、大阪府女専（現府立大阪女子大学）

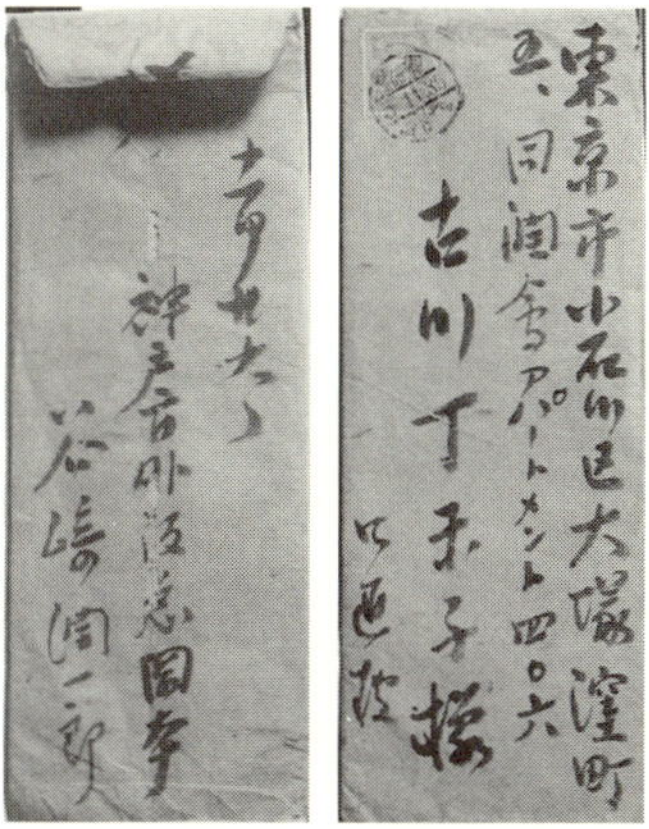

の学友。

静枝嬢は、丁未子より一つ年上で、断髪のモダンガールで評判になった松竹スター龍田静枝。松竹蒲田の作品として、「新珠」「当世気質」「マルセイユ出航」「彩られる唇」「新女性鑑《かがみ》」「多情仏心」に出演している。

　文中にある地震は大阪朝日新聞によれば「関東強震」の見出しで、昭和五年十月二十五日（土）「午前七時二〇分ごろ関東地方に相当人体に強く感じた地震があって、久し振りに人々を驚かした」とあるので、これではないかと思われる。

　この手紙は林光夫氏の妻ハナエさんが、独身時代神戸新聞の記者で、谷崎と丁未子の仲人をした岡成志氏と親しかった。丁未子は谷崎から来た約百通の書簡を岡成志氏に託し、岡氏は宿替えのとき手伝いに来ていたハナエさんに焼失処分するよう任せた。彼女はそのうち大切そうな三通だけ取り除いて保存しつづけたものである。

　したがってこれ以前の丁未子からの手紙に地震のことが書いてあり、地震嫌いの谷崎が、もう少し東京にいたら地震に遭うところだったという気持からこんなことを書いたのではと察せられる。

大阪朝日の記者　大道弘雄宛未発表書簡(他、川田順、吉井勇)

平成十三年二十一世紀幕明けの一月、大阪朝日新聞学芸部の木村勲氏、夕刊担当の織井優佳さんより、大正末から昭和十年代始めにかけて、大阪本社出版編集次長から部長だった大道弘雄《おおみちひろお》氏宛に来た、各界名士の大量の手紙や葉書を、一括して公共の施設に寄贈したい旨遺族が希望を出されている、谷崎のものもあるらしいから一緒に見に行かないかという依頼を受けた。

これは四天王寺国際仏教大学が平成八年はじめて公開講座を設け、私が「谷崎潤一郎と大阪」と題して、府立文化情報センターで話した折、木村氏が聞きに来られ、それが縁で翌九年六月三日の朝日新聞の論壇に、「文化都市誇れる大阪文学館を」という一文を載せたことによるらしい。

その後も、平成十一年大阪21世紀協会主催の大阪秋のまつりの一環として、「文化都市大阪の21世紀――歴史と文学の間」という題を与えられて府立中之島図書館で講演したり、読売新聞平成十二年一月二十五日の文化欄に、「心いやす「大阪文学館」を／ベイエリアに建設／「昔の街」再現、新名所に」という見出しでも書いたりした。

そんなことから、これら大量の資料によって、大阪文学館設立の動きを盛り上げられたらというはからいで呼んでいただいたらしい。

行ってみて、大道氏が文学のみならず、画家、学者、その他実に多方面の人々と交友があったこと、当時の大阪朝日新聞が東京をしのぐ中央的存在であったことを痛感した。現在の大阪朝日を思うと、隔世の感があると、木村氏も織井さんも溜息をもらされた。有名人の手紙、葉書、原稿、写真、それに氏の作品掲載の雑誌類が、ダンボール箱四つに入っていた。

日本ペンクラブの会長で、大阪文学館の必要を力説している梅原猛氏にも見ていただいた。戦前のよき時代、関西文化が大阪の新聞社を中心にして花開いたことを裏づける貴重な資料と太鼓判を押された。早速朝日新聞大阪本社版三月九日（金）の夕刊第一面に紹介された。

私はその中から専門とする谷崎の書簡について、考えられることをまとめてみた。

○　大正四年十二月五日　長田幹彦宛　四百字原稿用紙一枚　ペン書き

御同様に久しく御無沙汰致しました

わざ〳〵御取り次ぎ御厚志の段御礼申します

書いてもよろしうございますが、原稿料はどのくらゐでせうか。又書き次第金は年内に貰へるでせうか。さう云う事を問ひ合はせたいと存じますが、大坂朝日の何と云ふ記者の許へ尋ねたらよいのですか。あなたでも御承知ならば御知らせ下さい。御多忙中恐縮ながら今一度御返事をお願申します

長田幹彦を通じて来た原稿依頼に対し、原稿料はいくらくらいか、年内に貰えるのか、大阪朝日の誰に問合せたらよいのか、聞いているのである。

ここでも谷崎の金に対してはっきりする態度が出ている。かつてＮＨＫが「ここに鐘が鳴る」の番組で、谷崎を知るいろんな人との再会を企画して、超目玉に小学校時代の恩師稲葉先生の未亡人とめぐりあう場面を設定した。ＮＨＫ側にすればそれだけの人を探し出して呼ぶのに一苦労するし、谷崎もなつかしい思い出の人に会えて貴重な機会が与えられるわけであるが、その時間に執筆できるのを割いて来ている以上、それ相応の出演料は支払うべきだと主張した。

原稿料や出演料はビジネスであるから、事前に金額を明示するのは当たり前といえば当たり前だが、日本人特に関西人はその辺をあいまいにすることが多い。儲かりまっかが挨拶と大阪人はよく金第一主義に思われがちだが、反面禁句のように触れないところがある。これは今もつづき、出演料講演料を明示しないまま依頼し、依頼された方も問い質しもせず引き受け、テレビ出演など、特に民放は何の報酬もないことがある。谷崎はその点、東京式合理主義を貫いているといえようか。

谷崎はこのあと追伸として、「年内に盛大なる忘年会の催しでもありませんか、一と騒ぎやらかしたいと思ひますが」と書いている。それに対して長田幹彦は、「この勢ですから暮れの惜春会大会は思ひやられます　恐い〳〵（幹彦）」と欄外に朱書して、それをそのまま依頼主の大阪朝日の記者大道弘雄氏に送ったらしい。次の大道氏宛谷崎の手紙の入った封筒の中に一緒に入っていた。

長田幹彦は谷崎より一つ下、谷崎と京都木屋町の宿に逗留して、『祇園夜話』『鴨川情話』などを書き、吉井勇の『祇園歌集』とともに一世を風靡した作家で、谷崎の『朱雀日記』や『青春物語』の中に彼との交遊が克明に描かれている。

○　大正四年十二月十八日　大道弘雄宛　四百字詰原稿用紙三枚　ペン書き
　受信　大坂市北区中之島　大阪朝日新聞社編輯局　大道弘雄様
　発信　東京市本所区新小梅町四番地十六号　谷崎潤一郎

拝啓
いまだお目にはかゝりませんが、先日長田幹彦氏を通じて「大坂朝日」へ寄稿の御依頼があり、右に関する事項は直接足下へ問ひ合はせても差支へないやうに聞きましたから、失礼をも顧みず突然ながら手紙を差上げます。

長田君から最初の手紙を貰ったのは今月の十日頃でした。私の方では大体承諾いたしましたが、猶原稿料その他につき問ひ合はせる条件が有つたので、小生の方より長田氏へ折り返して書面を上げたところ、長田氏は更に奥州六甲山の山中に居られる係りの人へ問ひ合はせの旨を取り次ぎ、その御返事が小生の許へ届いたのは漸く去る十六日の朝なのです。

御返事の御書面に依れば、小生より申込んだ条件は悉皆承諾する故、早速執筆を頼むとの趣でした。小生としても、折角長田氏を煩はしたり、勝手な条件を申し込んだりした後ですから、直ぐにも承諾しなければならない筈なのですが、何分六甲山と東京との通信が手間取つた為め、大変時日が切迫してしまつて、その間に「東京朝日」の方から近松秋江氏の次ぎに載る可き小生の長篇小説を、秋江氏がダメになつた故急に執筆せよと云ふ督促が来た訳です。

「東京朝日」へ小生が長篇を書く事はズット前から約束になつて居たのですが、「大坂朝日」の方の短篇を書く位の余裕はあるだらうと思つて居たのです。然るに徳田秋声氏の「奔流」が近日中に完結して、その次の秋江氏がダメになつたので、小生が直ちに穴を埋めなければならぬと云ふ始末になつたのです。

右様の次第で二十日迄には少くとも四五回分を東京朝日へ届けなければなりませんから、どうも今日になつて見ると、到底大坂の方の短篇を執筆する余裕がないのです。それでも何とかして書かうと思つて、昨日は終日机へ向つて見ましたが、気がセカセカしてうまく行きません。長篇の方を少くとも十回ぐらゐ書いて置かないと安心が出来ません。
就いては事情御惊《ママ》察の上、最早や余日もない訳ですが、誰か他の人にお頼み下さる訳には行きますまいか。右、甚だ勝手ながら幾重にもお願《ママ》み申ます。

谷崎潤一郎と大道弘雄氏の付合いは、この大正四年（一九一五）より始まったことがわかる。谷崎は明治十九年（一八八六）、大道氏は明治二十年生まれであるから、谷崎数え年三十歳、大道氏数え二十九歳のことである。長田幹彦と大道氏とは同い年であった。

長田幹彦を通じて来た大阪朝日の原稿依頼に対し、まず長田に問合せ、その返事を得て大道氏に手紙を書いているのである。

原稿料が満足のいくものであり、かつ年内に届けられる返事を得たから、短編を書かなければいけないのであるが、その後近松秋江の次に東京朝日に書くはずだった連載ものが、近松秋江がだめになったのですぐ連載にとりかからなければならなくなった。それで求めに応じられなくなった旨の手紙である。

当時東京朝日新聞では、徳田秋声の『奔流』が、大正四年九月十六日から連載されていた。これは翌五年一月十四日で終り、あとを受けて谷崎の『鬼の面』が翌日一月十五日より五月二十五日まで連載されている。当時は東京朝日と大阪朝日とは別で、東京朝日に連載されたからといって、大阪朝日に連載されたのではないことがわかる。

この『鬼の面』は、小学校時代を扱った『神童』に対し、その続編ともいうべき住み込み家庭教師をしながら通った中学校時代を扱った私小説で、書きやすい題材と思うのに、「少くとも十回ぐらゐ書いて置かないと安心が出来ません」といっているところに、谷崎の執筆に対する慎重深さがうかがえる。

『鬼の面』の連載によって果たせなかった短編の約束は、大正六年一月六日に大阪朝日新聞に発表した対話劇「既婚者と離婚者」によって埋め合せをしたようである。

○　昭和四年六月十九日　焦茶色縦罫用箋一枚　毛筆
受信　大阪市北区天満天神裏　大道弘雄様侍史
発信　阪急岡本　谷崎潤一郎　落款印「摂州武庫郡岡本」「谷崎潤一郎」

御手紙拝見、
先夜は失礼した、衣裳売立まことに又とない好機で、見るだけでも見ておきたいと思ふのだが惜しい哉　両日とも先約があつて行く訳に行かぬ、今度かう云ふ時があつたら知らせて貰はう新聞か《ママ》すんで少し時間に余裕が出来た、是非やつて来たまへ、前日知らせて下されば待つてゐる、衣裳の売立て、――又とない好機、ぜひとも見に行きたいが残念、今度あったら知らせてほしいという内容で、翌五年八月有名な細君譲渡事件がある一年程前、大阪きっての大店《おおだな》、根津商店御寮人松子と昭和二年三月二日に芥川来阪のとき初めて会い、翌日には松子に誘われて芥川と千日前「ユニオン」のダンスホールに行った。以来ひそかに交渉があった。

四年二月に松子が娘恵美子を産む産褥中、夫清太郎は松子の妹信子と駆け落ちする事件があった。稲沢秀夫『秘本谷崎潤一郎』によれば、この年インドから帰国した画家樋口富麻呂は、神戸港に出迎えに来た松子に、谷崎と結婚したい胸中をうち明けられたといっている。

同じ年の十一月には大阪朝日新聞「女人群像」欄に「ダンスを喜ぶ根津まつ子夫人」の見出しで谷崎とのことを書いたところ、谷崎が担当者を呼んで注意したことから、二人の仲が社内で噂された。この手紙から五か月後のことだが、そんなことからこの衣裳は、根津松子への思いがあってのことではないかと推測される。

妻千代との離婚は時間の問題になりつつある時だし、後に再婚する古川丁未子とはまだ話が具体化していない時である。もしそうであれば、大道氏は谷崎と松子の関係を察知していて知らせたことになる。「是非やつて来たまへ」という口調から、親密の度がうかがえる。

「天神裏」の宛名で届いていることからもわかるように、大道氏は大阪天満宮の社家の生まれである。里見弴「新聞記者にして殿上人」（「小説新潮」昭和三九・一二）によれば、大道氏が重宝がられたのは来阪の物見遊山客の案内接待役で、ミナミで警察の検問があったとき、彼は「車の社旗を見よ」と一喝、警官は失礼とあやまった。当時の大新聞社の権威がどんなものであったかがわかる。これは売出し女優の刃傷沙汰があったためで、特ダネだ早く早くとまわりの接待客の方からしつこく尻をたたかれて、やおら社に電話したというところに、彼がいかに新聞記者でも「空前絶後といっていいほどの特異なる存在」であるか知らされたといっている。

したがって谷崎も、彼には松子のことをスクープされる懸念がないと信頼していたのかもしれない。根津清太郎への配慮がうかがえる書簡もある。

次の手紙は中身だけで封筒はなく、この六月十九日付の封筒の中に一緒に入っていた。

○　昭和四年九月三十日　大道弘雄宛　明るい草色罫の四百字詰原稿用紙　谷崎潤一郎用箋二枚　毛筆

御手紙拝見いたしました
毎度御手数をかけてすみませんが小生十三四日頃迄は一寸仕事にかかつてゐますからそれ以後二十日迄の間に願度、北野氏の友人で君も御存知の筈の根津清太郎氏も都合で参加したいと申され

大道弘雄氏

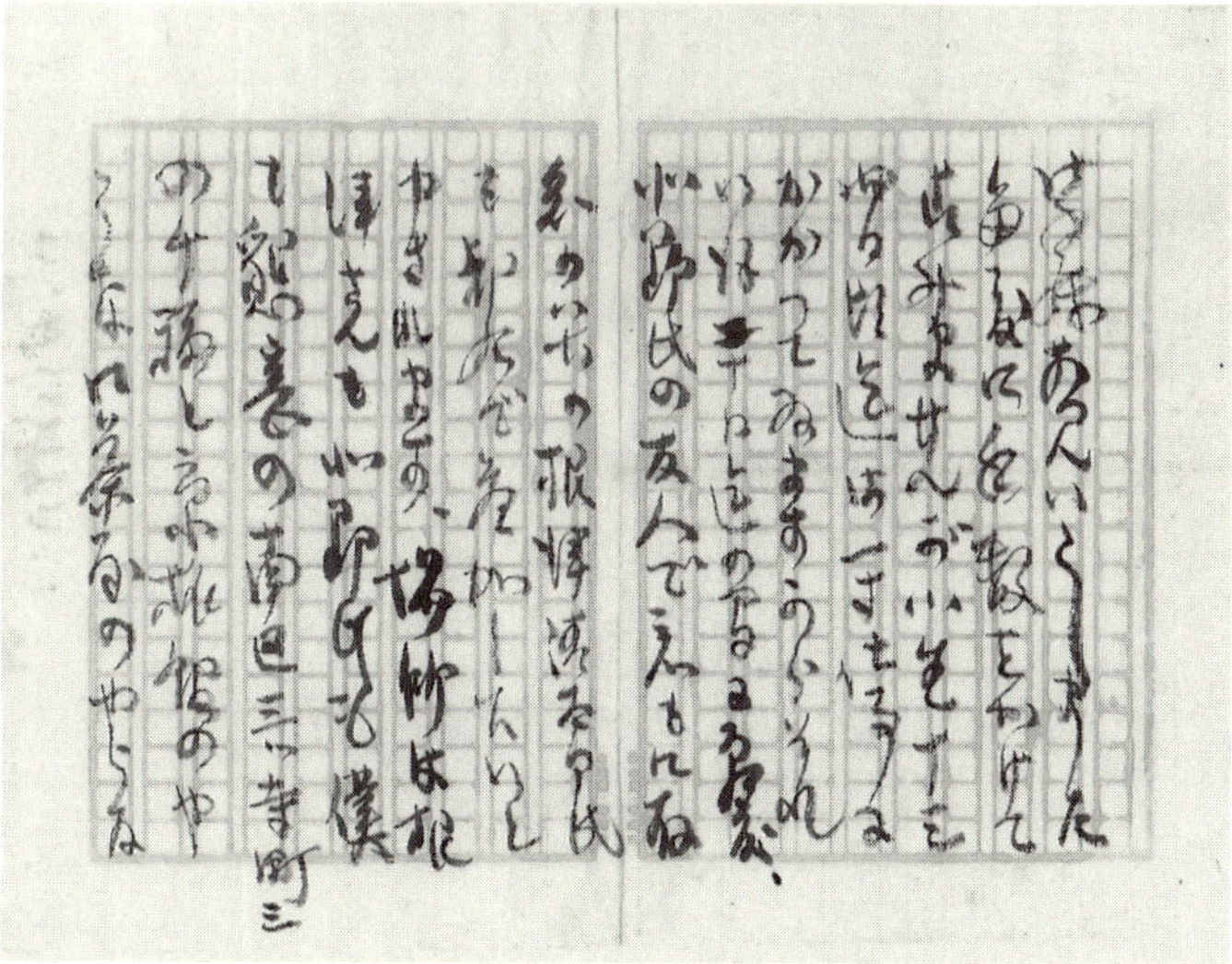

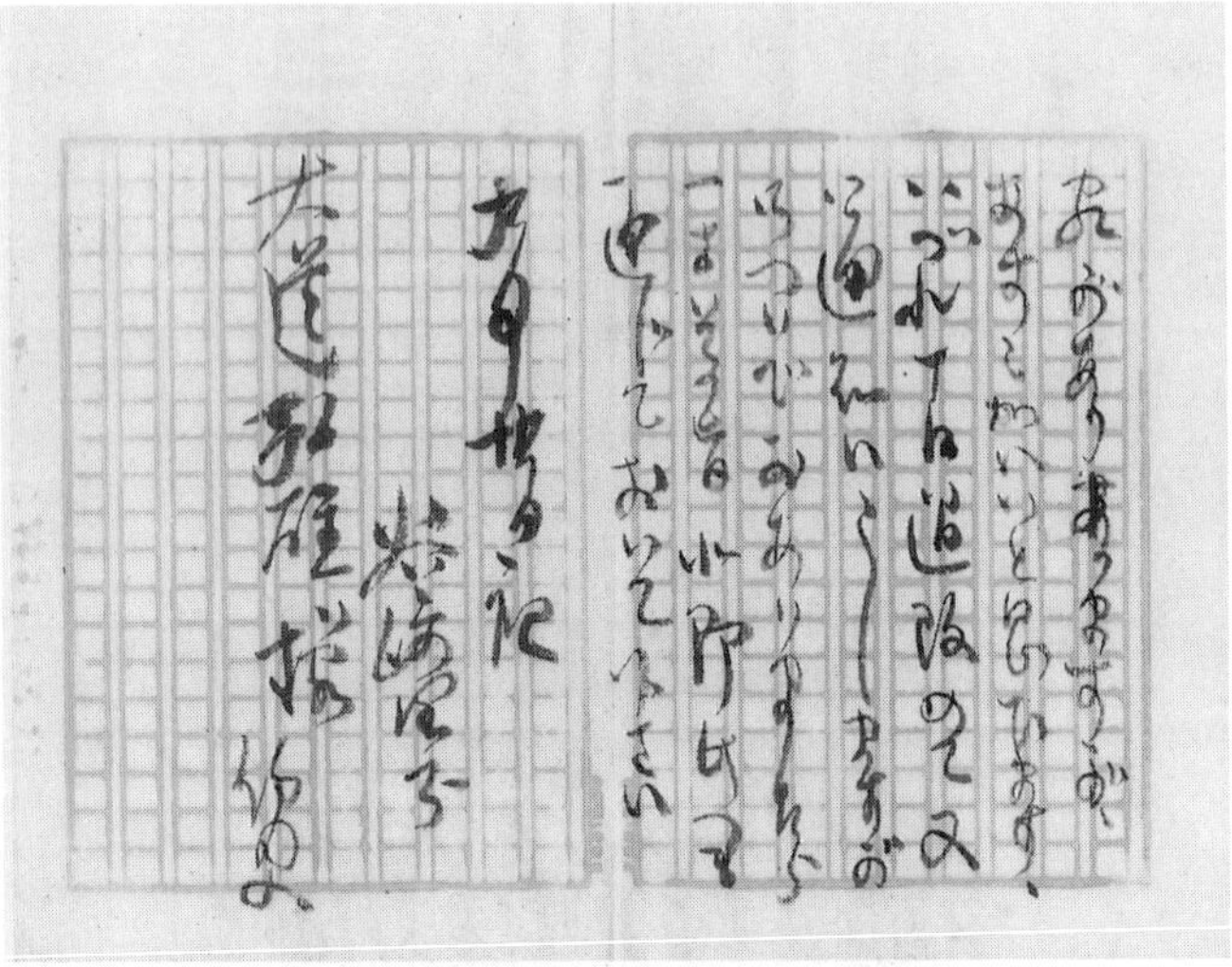
六月十九日 谷崎潤一郎
大道弘雄様 侍史

大阪市北区天満天神裏
大道弘雄様 侍史
六月十九
阪急岡本
谷崎潤一郎

ます、場所は根津さんも北野氏も僕も懇意の南区三ツ寺町三の千福と云ふ旅館のやうな御茶屋のやうな家がありますが、あすこがいいと思ひます、いづれ十日過改めて又御通知いたしますが御ついでがありましたら一寸その旨北野氏へも通じておいて下さい

「十三四日頃迄は一寸仕事にかかつてゐますから」とある仕事とは何か。「改造」に連載中の『卍』か。また「改造」十一月号には評論「現代口語文の欠点について」を、「相聞」に短歌「春・夏・秋」を発表している。「中央公論」十月号・十一月号には「三人法師」を発表している。いずれかか。

北野恒富は大阪最後の浮世絵画家といわれ、前述の樋口富麻呂の師匠にあたり、谷崎が翌昭和五年三月から九月まで「大阪朝日新聞」「東京朝日新聞」連載の『乱菊物語』に挿絵を描くことになるが、その打合せのためか。根津商店の御曹子清太郎は、学生時代から北野恒富の画室に出入りしたパトロンであった。

三ツ寺町の千福は、大谷晃一『仮面の谷崎潤一郎』によれば、谷崎と初めて松子と出会ったあと家に帰る気になれず泊ったところとある。松子と会い芥川の投宿したのは道頓堀川の南の九郎右衛門町の福田屋、千福は道頓堀の北側、目と鼻の所に位置する。松子と谷崎出会いのゆかりのあるあたりということを知らない根津清太郎でないから、互いに心中複雑微妙なものがあるはずである。

なお「千福と云ふ旅館のやうな御茶屋のやうな家」は、昭和三年三月から五年四月にかけて断続的に発表された、したがって当時執筆中の『卍』の中で、徳光光子が綿貫と一緒に着物を盗られたから代わりを持って来てほしいと園子に頼み、園子が動揺して持って行く「南の太左衛門橋筋の、笠屋町の井筒云ふ家」のモデルでないかとも思われる。笠屋町は南北の狭い横町筋で、老舗大和屋があるが、この千福もダブルイメージされているのではないかと思われる。

しかもこの約束を谷崎は日延べにするのである。

○　昭和四年十月九日　葉書
受信　大阪市北区天満天神裏　大道弘雄様
発信　阪急岡本　谷崎潤一郎

御手紙拝見　会合に参加する筈になつてゐる根津さんが目下朝鮮へ旅行中で十五日頃帰宅の筈につき、それでハ十九日以後として、改めて御相談いたしませう。（十九日ハ当方先約があります）

本来は谷崎潤一郎と北野恒富と大道弘雄と三人で千福で会うべきところ、根津清太郎の都合で、さらに日延べしているのである。谷崎にすれば当時は北原白秋が姦通罪で訴えられた例もあるから、松子とのことは慎重に事を運びたい、根津氏をぜひ入れてその辺のところも忖度したい気持があったと思われる。

年譜によれば、この年の秋吉野に遊ぶとあって『吉野葛』の取材旅行に出かけている。稲沢秀夫『秘本谷崎潤一郎』によれば、「これは根津さんの話ですけどね、『吉野葛』の原稿整理のためにに松子が吉野へ一緒に行っててんのや言うたんです。『あんなの付いてって、何が間に合うのや』言うてましたけどね」と樋口富麻呂がいっている。

『吉野葛』は昭和六年一、二月号の「中央公論」に発表され、谷崎は昭和五年十一月初旬にも吉野へ行き、奥村宅、川上ホテル、桜花壇などに泊っている。根津氏の言葉がほんとうとすれば、それは五年秋のことかもしれないが、この時は細君譲渡事件のあとで、マスコミが谷崎の動向に目を光らせていて谷崎も神経質になっているから、前年のこの年のことであろうと思われる。

ともあれ、五年八月に公表された有名な細君譲渡事件の裏には、谷崎と根津松子とのひそかな交流があり、根津清太郎もそれを知っていた。そのうえで谷崎と会っていたことになる。ちなみに谷崎は、松子をいったん実家の森田の籍に戻してから結婚している。そういう慎重な一端が、これらの手紙にもうかがえるのではないか。

それにしても先の手紙が大正四年であるから、十四年もの歳月が流れている。その間「大阪朝日新聞」に前掲の対話劇「既婚者と離婚者」のほか、主要作品だけでも、戯曲「仮装会の後」を大正七年一月に、「美食倶楽部」を八年一月に、「天鵞絨の夢」を同年十一月十二月に発表している。一方、大道弘雄は大正十一年から十四年までヨーロッパに留学して国内にはいない。したがって谷崎が関東大震災で大阪へ来た頃のことは知らない。しかし以後は交流があったはずだから、もう少し書簡があってもよいのだが、散逸してしまったのだろうか。次の手紙は、さらに二十九年も後まで飛んでいる。

○　昭和三十三年二月十三日　四百字詰原稿用紙二枚　ペン書き
　受信　大阪市北区天満此花町二ノ四七　大道弘雄様
　発信　熱海市伊豆山鳴沢電話熱海二九七〇　谷崎潤一郎（ゴム印）

拝復

御同様御無沙汰してをりまして申訳がありません　御健康がすぐれぬ由くれ〴〵も御大切になさるやう殊に腎臓では食養生が肝要と存じますから十分に御静養を祈ります
さて「懺悔話」のことはよく記憶してをります、たしかあの短編のために、あれを掲載した日の大阪朝日は発禁になつたのだと覚えてをります、実につまらぬ作品のために貴重な新聞紙上とんだ迷惑をかけたことを今に至つても耻かしく思つてをります、左様な次第でありますから御親切は忝う存じますが今更あれを全集に載せる気はないのであります、あれに限らず、一生懸命に書

いたつもりのものでも、若い時の作品は兎角未熟で耻かしいものが多く全集には入れられないも(の)が大部あるのです
次に御著述のこと、よく考へておきますが今少し詳しい材料を提供して頂かなけれバ、出版書肆に話しにくいと存じます、と云つて今直ちに心あたりの本屋がある訳でもありませんが御健康が回復されましてからもう少し詳しく御話しを願ひます
先は取急ぎ御返事申上げます返すぐ〵も御自愛を祈ります

『懺悔話』は、今日は金がないというと、ちょうど金はいいという女が上にいる、ただし真暗闇の中でという条件で買った女が、あとで華族の人妻であったとわかったという話で、情事の模様が書かれているわけではないから、華族の尊厳を汚したということで発禁になったのであろう。今にしたら「実につまらぬ」ことだが、当時は華族の権威を恐れなければならなかった世相であったことがうかがえる。

昭和三十二年から翌々年にかけて刊行された新書版全集には、この他にも二十数編谷崎が嫌って載せられなかった作品があるが、それらは死後の全集には全部掲載された。

谷崎に書肆紹介の依頼をしているように、氏はみずから殿上人を名乗り、しかもユーモラスに謙遜して鍋平朝臣というペンネームで、「朝日俳句」「桐の葉」「梅花」「三十棒」「玉藻」「東山」「ホトト

ギス」「飛鳥」などにたくさんのエッセイを書いている。

「飛鳥」（昭和二四・二）には、「松の宿——杢《もく》さんの想出——」と題して、昭和十六年の天神祭の日に、詩人・劇作家・医学部教授の木下杢太郎が第一回日仏交換教授として仏印から帰国して来たとき、谷崎も神戸港に出迎えたことを書いている。谷崎に家に来たまえといわれるままに、待たしてあった車で杢太郎と魚崎の谷崎邸を訪れた。松子夫人は留守だったが、取って置きのブランデーをふるまわれ、灘の酒の御馳走になった。

いろいろの猫があちこちに寝そべっている。本居宣長の養子・嗣子本居太平のものした「源氏物語を詠んだ長歌」の一幅がかかっている。制作中の源氏物語の現代語訳の話が出た。長崎や天草の紅毛談の話も出た。

記念に寄せ書というようことになって、杢太郎が「この家の名物猫を描こうか」といったが虎猫は近寄って来ないので、庭に枝を垂れた松の樹の一部を描いた。それに谷崎が、一首を添えた。

津の国の住吉川の岸辺なる松こそ宿のかさしなりけれ　　潤一郎

そこで氏が、「これはいい、杢さんこれに月日を書いてサインしてくれ、この色紙は僕が記念にもらって帰ろう」といって持ち帰ったとある。が、さてその色紙はどこへ行ったのか、氏の書簡その他の中に見出せなかった。

その他、夏目漱石・高浜虚子の祇園秘話、泉鏡花、岡本一平、小林一三《いちぞう》、水落露石《みずおちろせき》、西村天囚《にしむらてんしゅう》、内藤湖南《ないとうこなん》、歴史上の人物では西山宗因や井原西鶴などについてふれたもの、四年間欧州に遊び、特に途中関東大震災のニュースに遭遇した「北欧の想出」などの洋行記、それに知人友人家族のことにふれた身辺雑記など多岐にわたっていて、それらが自分の文章だけ切抜いてまとめられている。けれどもその後病気回復することなく、一本にまとめることはなかったようである。

この年、昭和三十三年十二月二十五日には谷崎自身も高血圧のため面会謝絶を医師により命ぜられた旨、印刷した挨拶状が大道氏にも送られて来ている。全集にも収載されているが念のため掲げておくと、

東大沖中博士の忠告により高血圧のため来年正月一杯面会を謝絶し静養をすることになりました。二月からは少しづつ仕事をしてもよろしいさうで、医師の忠告を厳守さへすれば四月になつたら完全に常態に復し得るさうです。右様の事情で当分皆様に失礼を致しますが、悪しからず御諒承を願ひます。

あと、昭和三十五年の年賀状があり、毛筆で一筆添えられている。受信発信住所は前回と同じ（伊

豆山鳴沢一一三五番地）である。

はや〲と御年賀状を有難うございました　当方洵《まこと》におくればせの御挨拶御赦し遊ばしませ

日頃御無音に過ぎてをりますが御健康いかゞお案じ申してをります　御健康ひたすら祈り上げます

大道氏はこの翌年五月に亡くなり、谷崎は四年後の四十年七月に亡くなっている。遺族の方に確めてみたが、やはり著述出版は陽の目を見なかった由である。

氏宛の書簡の中には、大学教授夫人鈴木俊子と再婚して老らくの恋と騒がれた川田順からの葉書が四通あって、昭和三十四年六月十五日付には、「いろ〲御研究もの、高尚なもの程商品に成り難し、そこに値打あり、小生の随筆御ほめ下され汗顔至極、未だ大兄の「松の木」に達せず」とある。川田順の「小生の随筆」は『住友回想記』、「松の木」は大道氏が昔大阪朝日に書いたエッセイである。

また昭和三十五年四月四日付では、「高血圧は御要心もの、谷崎老も悩んでゐるやうです。今どき良薬がいろ〲あります。常若朝臣も年には勝てず、何卒臆病になつて下さい。」とある。鍋平朝臣がここでは常若朝臣ともじって勇気づけ、谷崎と大道氏、双方への気づかいがうかがえる。

いずれも神奈川県藤沢市辻堂第二桜花園より、大阪市北区此花町天満天神内、後者は天満宮うら宛のものである。

吉井勇が谷崎潤一郎の住所を氏に尋ねている手紙もある。

それから谷崎君のところへゆくのには如何往つたらいいか。下車駅の名と番地とをお知らせ下さい。この前の日曜に川田君をたづねたら、丁度亡き奥さんの命日だつた。一度そのうちやつて来ませんか。川田君は日曜なら大抵家にゐるらしい。

小生は大抵在宅。

いづれそのうち拝眉のうへ

一日午后

これは昭和十六年八月二日付、京都市左京区北白川東蔦町二十より、大阪市北区中の島大阪朝日新聞社宛の手紙である。

以上の手紙から、有名な細君譲渡事件前後の根津清太郎や松子とのかかわりや、氏をめぐっての谷崎・川田・吉井の交友関係の一端がうかがえる。これらは大道氏宛書簡類のごく一部で、それらを見ていると、大阪の朝日新聞社が、発祥の地だけあって、当時は大阪が文化人ともども中央的求心力を持っていたことがうかがえる。

〈付記〉

			享年
谷崎潤一郎	（明十九―昭四十）	一八八六―一九六五	（七十九）
木下杢太郎	（明十八―昭二十）	一八八五―一九四五	（六十）
吉井　勇	（明十九―昭三十五）	一八八六―一九六〇	（七十四）
川田　順	（明十五―昭四十一）	一八八二―一九六六	（八十四）
長田　幹彦	（明二十―昭三十九）	一八八七―一九六四	（七十七）
大道　弘雄	（明二十―昭三十六）	一八八七―一九六一	（七十四）

大道弘雄略歴　明治二十年十二月十五日、大阪市北区此花町の天満宮の社家に生まれる。大阪府立北野中学校（現北野高校）から東京国学院大学を明治四十三年（一九一〇）卒業。大阪朝日新聞社に入社、大正十一年（一九二二）からヨーロッパ留学に出、ドイツを中心に各国の博物館を調査研究し、米国を経て大正十四年帰国した。大正十四年出版編輯次長、昭和三年出版編輯部長、昭和十七年停年休職、客員ついで社友になった。有職故実に詳しく、『平緒の研究』『時代裂名品集』『唐組作成記録』などのほか、大正・昭和の御大礼画報やその記録の著書がある。

（本人履歴書より）

あとがき

私は『春琴抄』の舞台になっている大阪船場道修町に生まれたので、地元の利を生かして何かできるのではないかと思い、谷崎の文学に取り組んだ。

『春琴抄』（昭和八）が発表されて五十年以上もたった頃で、折から春琴に熱湯をかけた犯人のなぞ問題が持ち上がっていた。これは面白いと飛びつき主想副想論を展開し、『谷崎潤一郎『春琴抄』の謎』（人文書院・平成六）と、小説『谷崎・春琴など語り』（東方出版・平成七）を書いた。

以後、大阪にかかわる作品について調べ、大阪の文学として一番にあげるのは、残念ながら地元の作家ではなく、東京から来た谷崎の作品でないかと考えるに至った。

「谷崎と大阪の文学」はそんな私見を述べたものである。

「谷崎と文楽」は、大阪の国立文楽劇場のすぐ近くにノーベル賞候補になった『蓼喰ふ蟲』の文学碑があって、谷崎は文楽の理解者のように思われているが、逆に文楽を「痴呆の芸術」と批判したことはあまり知られていない。文楽が国際的に評価されている今日であるだけに、根本に横たわる問題として、看過できることではない。大阪で文楽が大成したこととあわせて考えてみた。

「『蘆刈』と古川丁未子」は、谷崎は『蘆刈』を書くために古川丁未子と結婚し、書いたら捨てたのではないかという大胆な仮説である。今まで謎とされて来た古川丁未子との短い関係は、こう考えれば説明がつく。どこまで説得力があるかが勝負だが、かといってそうだったのかと変に納得されてもこちらは戸惑う。あくまで仮説として一石投じることができればと思っている。

「『蘆刈』新説」は、淀川の中州の芦の中から出て来た語り部の男は、お遊さまの妹お静の子だと言っているものの、お遊さまの子でもあるような謎をふくんだことも云う。そこで三説の解釈が出たが、いずれも矛盾がある。それらを解決する第四の新説を提唱した。

「『春琴抄』の主題」は、前述のなぞとともに今なお明確にされない問題である。この際解明すべく前二著の考察をさらに深め、マゾヒズムに焦点をあて、今まで看過されて来た宗教的法悦の境地と、谷崎自身佐助を演じた真意を結びつけた。

「『春琴抄』の文学碑」は、舞台になった道修町に、府や市でなく民間の薬業界の手で建てられた。十二年かかった。その間の新聞その他のマスコミに提言した経緯と、私の作品に対する見解の変遷もたどってみた。

「『細雪』の船場」は、『細雪』があまりにも有名なために、「船場」の説明に「『細雪』に描かれた船場」という言い方をされている。しかし『細雪』に果たして船場が描かれているのか疑問を呈する人も多い。それに答えた。冒頭あまりに杜撰《ずさん》な設定がされているのに、看過されていることも指摘した。

「『細雪』の船場ことば」も、おかしいのではないかと、ままいわれながら等閑《なおざり》にされているので問題にした。

「焼跡大阪の雑誌「観照」」は、道修町の薬の会社が薬の雑誌でなく芸能雑誌を出して、谷崎も登場している。敗戦で焼野が原になって出版界が疲弊していた間の珍しい一現象を採り上げた。

「古川丁未子宛未発表書簡」は、一通だけ公開されないままであるので紹介した。

「大阪朝日の記者 大道弘雄宛未発表書簡（他、川田順、吉井勇）」は、本文に経緯を述べたが、谷崎と松子との早くからの浅からぬ関係を示唆するような側面を持つ。谷崎のことにふれた川田順や吉井勇の書簡もあるので付記した。「三田文学」に発表したのは、全体の半分以下の部分である。


私にとって谷崎潤一郎の魅力は、谷崎が同じく商人の子で、関東大震災によって大阪にやって来て、船場で育った私のような人間には持てないような強烈な憧憬を船場に抱き、次々名作を生み出して行ったことである。東京人の目で大阪を見、大阪の人間が気づかないようなことを鋭く突いていることである。本書はこういう点を中心に据えてまとめてみた。谷崎は大阪を考える上で欠かすことのできない貴重な存在であると痛感する。

付言すれば谷崎は、家が没落して貧乏のどん底から文学で身を立てた。父母との激しい確執をはねのけてわが道を進んだ。が、汽車に乗るや死ぬ思いの動悸がして真青になって降りてしまう、極度の神経衰弱、鉄道恐怖症に陥った。裏に潜む繊細さも人一倍あった。

しかも細君譲渡事件、古川丁未子との強引な結婚と離婚、根津商店の御寮人松子との再婚と妊娠五カ月の堕胎強制、『瘋癲老人日記』にみる女性の足下に跪拝するマゾヒズム、フェティシズムの表白、――性倒錯、悪魔主義などと、世間から何といわれようとものともせず、芸術至上を貫き通した。毀誉褒貶の多いことも一筋縄でいかぬしたたかさで、「我といふ人の心はたゞひとりわれより外に知る人はなし」とうそぶくあたり、まだまだ奥が知れぬ謎があって、考えねばならぬ問題を多くかかえている作家と私は思う。

最後に、参考までに初出誌を挙げておく。が、紙数の制約で意を尽くせなかったところは加筆し、全体に大幅に推敲してまとめ上げた。

谷崎と大阪の文学
「芦屋市谷崎潤一郎記念館ニュース」一八号　一九九六年三月
谷崎と文楽
「芦屋市谷崎潤一郎記念館ニュース」二〇号　一九九六年九月　二一号　一九九六年一二月
『蘆刈』と古川丁未子

「関西文学」一九号 二〇〇〇年四月
産經新聞大阪本社版　一九九九年六月一日夕刊「谷崎潤一郎結婚の謎・『蘆刈』の背景を推理する」
『蘆刈』新説
「芸術至上主義文芸」二七号 二〇〇一年一一月
『春琴抄』の主題
書き下ろし
朝日新聞大阪本社版　二〇〇二年四月二〇日夕刊「献身に潜むエゴイズム・『春琴抄』がうたいあげた幸福」
『春琴抄』の文学碑
書き下ろし
毎日新聞大阪本社版　一九八八年五月一二日夕刊「文学碑の意味するもの――『春琴抄』と道修町」
「オール関西」一九九〇年二月「文学碑や史碑のある町に」（道修町特集）
「大阪人」一九九一年三月「春琴抄の文学碑」
毎日新聞大阪本社版　二〇〇〇年一二月一日夕刊「谷崎潤一郎『春琴抄』の文学碑・大阪道修町の文化の顔に」

「潮」二〇〇二年三月　「『春琴抄』の碑建立」

『細雪』の船場
「芦屋市谷崎潤一郎記念館ニュース」一九号　一九九六年六月　原題　一「谷崎と船場」二「『細雪』と船場」
『細雪』の船場ことば
「大阪春秋」八五号　一九九六年一二月　一〇一号　二〇〇〇年一二月

焼跡大阪の雑誌「観照」
「芦屋市谷崎潤一郎記念館ニュース」一〇号　一九九四年三月　原題「谷崎潤一郎と雑誌『観照』」
古川丁未子宛未発表書簡
「大阪春秋」一〇七号　二〇〇二年六月
大阪朝日の記者　大道弘雄宛未発表書簡（他、川田順、吉井勇）
「三田文学」七〇号　二〇〇二年七月

原則として、論文の性質が高いほど客観性を保つために文中敬称略としたが、文の性質上そうでないのもあって統一はしていない。

なお表紙の「春琴抄の碑」と、文中くすりの道修町資料館の文人コーナーの写真撮影は、旧制大阪府立北野中学校の畏友で、大阪ハッセルブラッドフォトクラブ会長の山田文一氏の手をわずらわした。また『細雪』の頃の国鉄芦屋駅の貴重な写真は、大阪市立集英小学校の畏友橋本元男氏の撮影によるものである。ともに拙著に花を添えていただいたことを感謝している。

さらに和泉書院社長廣橋研三氏には、一章ごとに写真を入れ、小見出しをつけるよう指示されるなど、拙著を思いのほか出色のものに仕上げて下さった。

あわせて厚く御礼申し上げる。

平成十五年十月

三島佑一

著者略歴

三島佑一（みしま ゆういち）

昭和3年（1928）大阪生まれ．京都大学国文科卒

主著

小説	『美酒のめざめ』（筆名友川泰彦・筑摩書房）
	『死灰また燃ゆ』（豪華限定本・文学地帯社）
	『谷崎・春琴なぞ語り』（東方出版）
詩	『詩集 裏の自画像』（編集工房ノア）
	『仏教聖歌集 父母の歌・観音さまと私』（非売品）
	『地球タイタニック』抄（日本ペンクラブ電子文藝館）
短歌	『山河共に涙す』戦争体験歌文集（創元社）
評論	『増補 堀辰雄の実像』（林道舎）
	『谷崎潤一郎『春琴抄』の謎』（人文書院）
自分史	『昭和の戦争と少年少女の日記』（東方出版）
郷土史	『船場道修町—薬・商い・学の町』（人文書院）

谷崎潤一郎と大阪　　上方文庫 27

2003年11月30日　初版第一刷発行©

著　者　三島佑一

発行者　廣橋研三

発行所　和泉書院

〒543-0002　大阪市天王寺区上汐5－3－8

電話06-6771-1467／振替00970-8-15043

印刷・製本　亜細亜印刷／装訂　森本良成

ISBN4-7576-0236-7　C0395　　定価はカバーに表示